Anno Historia

Bibliografische Informationen der Deutschen Nationalbibliothek:
Die Deutsche Nationalbibliothek verzeichnet diese Publikation in
der Deutschen Nationalbibliografie; detaillierte bibliografische
Daten sind im Internet über dnb.dnb.de abrufbar.

© 2023 Benjamin Nickert
Herstellung und Verlag: BoD - Books on Demand, Norderstedt

ISBN: 978-3-7412-7586-9

1865

Die Redwood Memoiren

Redwood

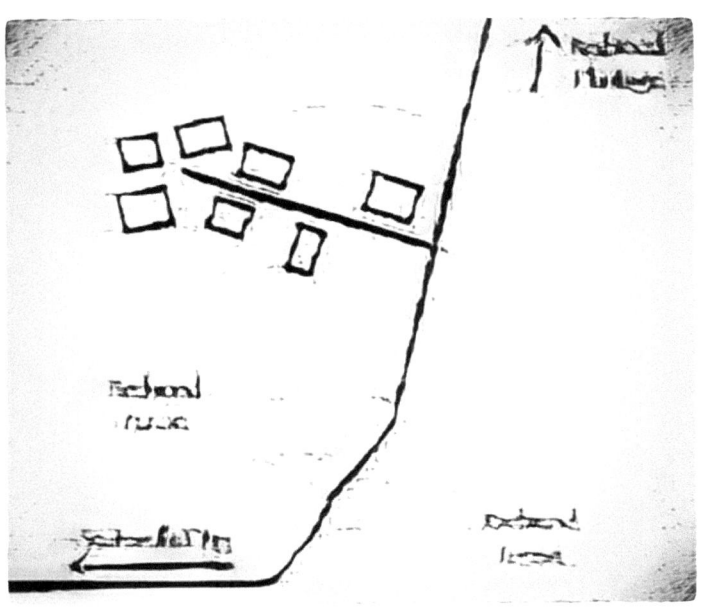

Prolog

Statesville

Schwer schlägt die Uhr der St. Mary's Church. Der Schall der Glocke lässt die heiße Luft zittern. Schwaden des von den Pferden aufgewirbelten Staubes ziehen durch die engen Gassen von Statesville. Es ist der heißeste Sommer seit Jahren. Viele Arbeiter quälen sich durch die Straßen. Einige atmen nur durch ihr verschwitztes Hemd. Ein schwarzer Mann in einfachen Lumpen fegt mit einem Besen den Weg. Hin und wieder verliert er Büschel von Borsten, welche er sogleich in einer hastigen Bewegung aufliest und in einer seiner Hosentaschen vergräbt. Von der Hitze ermattet wischt er das Wasser aus seinem staubigen Gesicht und stützt sich auf den Besen. Die Sonne brennt mit unaufhörlicher Kraft auf die Häuser und Straßen. Keine Erlösung und kein Ende in Sicht. In einem Saloon in der Nähe drängen sich die Leute an der Bar. Sie versuchen ihren Durst zu stillen, wodurch es ab und an zu einer Drängelei kommt. Der schwarze Barkeeper steht entspannt hinter der Bar und schenkt ein Getränk nach dem anderen aus. An einem Tisch gegenüber vom Tresen sitzt ein alter Mann in einem Rollstuhl. Eine Frau hält seine Hand und tätschelt diese leicht. Der Mann zuckt kurz zusammen, als die Tür zum Saloon aufspringt. Ein Herr mit Zylinder betritt den Raum und orientiert sich kurz, ehe er zu den beiden an den Tisch tritt und sich setzt. Er schlägt die Beine übereinander und stützt seine Hände darauf. „Vater, die Kutsche ist bereit. Wir können jederzeit los." „Danke Jakob", bemerkt die Frau freundlich. „Einen Moment noch Brunhilde - einen Moment", betont er verschnaufend und mit kratziger Stimme fährt er fort: „Gut, wir können los." Jakob und Brunhilde erheben sich. Sie öffnet die Tür des Saloons, während er seinen Vater um den Tisch herum nach draußen schiebt. „Hamish!" „Da ist er ja!" „Wohl auf.", begrüßen ihn einige Männer in Uniformen. „Danke, Danke. Genug der Freude", besänftigt er sie. „Nein, wir freuen uns nur, dass du noch lebst." „Als Jakob uns erzählte, dass du überlebt hast - da sind wir sofort hergekommen, um unseren Hauptmann zu begleiten." Ein *jea* und ein *hehey* dringt aus der kleinen Menge. „Bitte, wenn ihr mich nicht so schnell gefunden hättet, würde ich nicht mehr leben", beruhigt er. „Nur laufen kann ich nicht mehr ohne Bein." „Aber dafür hast du - und wir, wir haben gewonnen. Und ohne Bein - dafür sind wir doch jetzt da. Wir tragen dich einfach da hin, wo du hin möchtest", bekräftigt einer. „Ja, dafür sind wir hier", ruft ein anderer. Hamish überlegt und kommt zu dem Schluss: „Na dann helft mir mal hoch auf den Wagen, es ist sehr heiß und wir wollen los." Nach raunender Zustimmung heben zwei Männer Hamish aus dem Rollstuhl auf den Sitz des Kutschers. Jakob steigt ebenfalls auf den Wagen und setzt sich neben seinen Vater. Brunhilde und ein Leutnant besetzen einen zweiten Planwagen. Die anderen fünf Begleiter besteigen ihre Pferde und reiten den Wagen voraus. Hamish übergibt die Zügel an Jakob. Dieser schlägt damit kräftig und wiehernd ziehen zwei braune Pferde den Wagen an. Ruckartig federt der Sitz und holpernd rollen die Räder durch die sandigen Furchen der Straße. Hamish blickt sich um und bemerkt etwas in einer offenen Kiste, direkt hinter dem Sitz. Er zieht einen Strohhut aus der Kiste. Überrascht über das Erstaunen seines Vaters schaut Jakob ihn an. „Sieh einer an. Mein alter Strohhut", sagt Hamish mit erhellter Stimme: „Den hab' ich ja seit Jahren nicht mehr..." Er unterbricht sich - setzt den Hut auf und streicht behutsam über die Krempe. „Erinnerst du dich Vater? Den hattest du auf der alten Ranch immer auf." „Ja. Deine Mutter war immer in Sorge, dass ich mir draußen auf dem Feld einen Sonnenschuss holen würde. Sie hatte mir diesen Hut gebracht." „Mutter erzählte immer, wie sie diesen wandernden Händler traf. Nichts hat sie von ihm gehalten. Einmal hat sie ihn sogar als Taugenichts beschimpft. Aber dieses eine Mal hatte er diesen Hut an seinem Wagen zu hängen. Er wollte ein Goldstück dafür, aber sie hat ihn mit zehn Kartoffeln abgespeist." „Na und ich habe Läuse von diesem Hut bekommen." „Ja, aber nur, weil ich ihn dem Hund aufsetzte." „Du Schelm. Deine Mutter hat mir die Haare abrasiert. Keine Minute habe ich es so in der Sonne ausgehalten." „Was man als Kind so macht." Hamish fängt an zu lachen. Kratzig knarzt der Ton über die rauen Stimmbänder. Ratternd fahren beide Wagen über das große Pflaster der Innenstadt. Zügig und eng lenkt Jakob die Pferde um eine Straßenecke, sodass das hintere Rad über den Bordstein schlägt. „Au. Das war aber hart", keucht Hamish ehe er sich an den Nacken fasst. Jakob zieht kräftig an den Zügeln. Die Pferde bleiben stehen. „He, wartet mal", ruft er den Reitern zu. Diese bleiben stehen und drehen sich um. „Was ist denn los", ruft einer zurück. „Ich möchte nur eben etwas am Wagen prüfen", antwortet Jakob. „Schaffst du das", fragt Hamish. „Das - sollte gehen." Jakob steigt vom Wagen. Hamish beugt sich über den Rand des Sitzes und versucht etwas zu erkennen. „Und? Ist etwas", „Bisher noch nichts." Jakob sieht sich die Hinterachse an. Dann die rechte Seite. „Nichts." „Das ist doch gut", meint Hamish zu Jakob, der gerade wieder auf den Sitz steigt. „Es geht weiter", ruft er. Mit einem kräftigen Schlag der Zügel setzen sich die Pferde in Bewegung und klappernd fährt der Wagen über das Pflaster. Hamish grübelt über etwas und beobachtet nebenbei die fremden Leute in ihren Gärten. Ein Mann spaltet dicke Holzscheite mit einer rostigen Axt entzwei, während seine Frau mit einer dickeren Dame auf einer Bank neben ihm sitzen und über das Ende der Unruhen tratschen und den Verlust ihres Sklaven betrauern. „Wie soll ich nur meine Kleidung reinigen und…", hört Hamish bevor er sie nicht mehr versteht. „Fahr bloß etwas schneller Junge. Die Leute hier haben vielleicht Probleme." „Was meinst du genau", fragt Jakob seinen Vater. „Die sind hier solche Snobs und trauern dem Verlust ihrer Sklaven hinterher." „Ein - Snob? Was ist das?" „Oh - dieser Ausdruck ist relativ neu. In dem Buch *The Book of Snobs* von - ähm - Will - Thackeray - William Thackeray wird er beschrieben." „Ach dieser Verrückte." „Verrückt!? Du hast selbst einige seiner Werke gelesen. - Halt!!" Jakob zieht die Zügel an.

„Was ist denn? Wir stehen jetzt mitten auf der Kreuzung!" „Hey, was ist denn los", kommt von hinten gerufen. „Wir hätten hier rechts abbiegen müssen", stellt Hamish fest. „Wir fahren eine weiter. Wir fahren die nächste Kreuzung rechts", ruft Jakob nach vorne. „Also, dieser Verrückte…" „Thackeray ist nicht verrückt Jakob. Er hat all diese Neureichen und jene die sich Adel nennen unter dem Begriff *Sine Nobilitate*, was soviel wie nicht adlig bedeutet, zusammengefasst. Diese Leute hier sind nicht mehr wert als die Sklaven die sie besaßen." „Diese Leute hier leben im Schutz der Stadt. Die hatten mit dem richtigen Leben noch nie wirklichen Kontakt. Warum interessiert es dich, was die denken oder tun. Die werden so unwissend wie sie lebten auch sterben." „Wie recht du doch hast. Ich müsste dieses Buch eigentlich immer noch haben. Wenn ich nur wüsste wo." Mit einem Seufzen wendet Hamish seinen Blick nach vorne. Die Straße der Stadt ist mittlerweile nur noch ein Feldweg. Auch die Häuser sind nicht mehr aus Stein und gleichen kleinen Hütten oder Bungalows. Oft grenzen kleine Felder an die Häuser. Einige weiße, aber hauptsächlich schwarze Menschen arbeiten und wohnen hier. Mehr und mehr Bäume säumen den Weg, bis Hamish und seine Truppe schließlich durch einen dicht bewachsenen, saftig grünen und roten Wald fahren. Hamish reibt sich die Hände. Die frische und feucht duftende Luft des Waldes ist kalt. Hamish zieht aus der Kiste, welche hinter ihm halb unter dem Sitz steht, ein Schaffell heraus und wirft es sich über die Schultern. Jakob blickt zu seinem Vater. „Wir werden heute Nacht hier im Redwood Forest rasten. In der Dunkelheit sollten wir nicht auf den Wegen sein." „Wieso nicht, hast du Angst?" „Etwas, aber sieh dich doch an. Jetzt ist dir schon kalt und in der Nacht wird es noch kälter. Denke an den Vollmond." „Huh, des Nachts zu Vollmond verlieren bisweilen einige Menschen ihre Fassung und werden zu Monstern." „So hörte ich es." „Hach! Humbug. Märchen und Sagen sind das, damit die Kinder im Dunkeln ja drin bleiben. Ich bin zu alt für solche Kindergeschichten." „Wir machen Rast heute Nacht - auf einer Lichtung."

Kapitel 1

Ein Haus im Wald

Die Sonne steht tief über den Baumwipfeln. Dunkel ist der Wald und unheimlich noch dazu. Das Knacken eines Astes - das Heulen einer Eule - ein kalter Luftzug, der die Holzritzen der Planwägen zum heulen und pfeifen bringt. Alle gemeinsam erzeugen ein mulmiges Gefühl. Eine Angst, die nicht unbegründet ist. Auf einer kleinen Lichtung abseits des Weges sitzen Jakob, Hamish, Brunhilde und die sechs Kameraden um ein hell loderndes Feuer herum. Neben dem Feuer steht eine verzinkte Kanne mit Kaffee. Jakob hält noch einen letzten Bissen gepökeltes Fleisch in den Händen. Zwei der Kameraden schnitzen aus gefundenen Holzblöcken eine Art Skulptur, wobei bei einer weniger Konturen zu erkennen sind, als bei der anderen. Brunhilde hat sich auf eine Decke gelegt und beobachtet die tänzelnde Flamme des Feuers. Hamish murmelt leise, als wäre er in Trance. Beinahe kippt er vorne über aus seinem Rollstuhl, als er sich wieder fasst. „Wir hatten auf dem Weg nach Georgia doch dieses - Gedicht. Jeder von euch hatte einen Teil dazu gedichtet. Kennt ihr das noch?" Zwei der sechs Kameraden sind bereits eingeschlafen. Die anderen vier sehen zu Hamish und überlegen. Einer der vier, ein hochgewachsener hagerer Mann mit aschblondem Haar, antwortet überlegend: „Meinst du dieses mit äh - *So blau wie die See* und so, was nie fertig geworden ist?" „Na es fängt doch an mit der blauen Armee", meint sein Nachbar, ein kräftig gebauter etwas kleinerer Mann. Einer der Eingeschlafenen ist durch das Gespräch aufgewacht und mischt sich ein: „*Ja, ja so blau ist die Armee, So blau wie die See…*" „Ja genau", fällt ihm der Hagere dazwischen: „*…Zusammen gehen wir hinfort, bekämpfen Sklaverei und Tod.*" „*Mord* mein lieber, *Mord*", meint Hamish: „Wollen wir es wagen - auf ein weiteres Mal?" Zustimmung ist von seinen Kameraden zu vernehmen. „Aber es gibt doch nur drei Strophen, oder", hakt der kräftig Gebaute nach. Auch dafür erhält er Zustimmung. Während das Feuer allmählich kleiner wird und man die Glut immer deutlicher sieht, setzen sich Hamish's Kameraden auf, um ein im Krieg erdachtes Gedicht zu singen:

Ja, ja so blau ist die Armee,
So blau so wie die See.
Zusammen gehen wir hinfort
Bekämpfen Sklaverei und Mord.

So blau, so blau
So blau war ich noch nie
Und wenn ich so blau wäre
Wär' ich nicht auf dem Feld.

Ja so grau ist die Armee,
Gegenüber der ich steh'
Ich nehme meine Waffe hoch
Und schieße meine Gegner tot.

„Ha ha!" Hamish's Augen leuchten vor Freude. Auch seine Kameraden lachen und schäkern über die alten Zeiten. „Schade, dass Lenny nicht mehr dabei ist, er hat mit seiner Trommel immer noch ein Solo gespielt. Das ging dann noch römpelrum und rompompom. Haha!" Hamish ist sichtlich begeistert. Jakob ist begeistert und erstaunt, denn seit vielen Jahren hat er seinen Vater nicht mehr so froh gesehen.

Das Feuer ist erloschen und auch Hamish reibt sich an den Schultern. „Hach war das mal wieder schön - nach so langer Zeit. Aber es wird mir doch etwas kühl. Könnte mich einer ins Bett legen?" „Würdest du…" klopft der Hagere dem kräftig Gebauten auf die Schulter. Brunhilde hat bereits ein Bett unter ihrem Wagen hergerichtet und ist selbst schon zu Bett gegangen. Die anderen Kameraden schlafen auf ihren Ledermatten neben der Feuerstelle. Der Vollmond scheint hell über den Wipfeln der Bäume.

Das sanfte Rauschen des Windes in den Bäumen ist das erste Geräusch, was Hamish nach dieser ruhigen Nacht wahrnimmt. Die Nase kribbelt ihm. Als er die Augen öffnet summt eine Biene von seiner Nase in die Luft und schwebt majestätisch durch die warmen Strahlen der Sonne hinfort. Einen solchen Anblick hat Hamish schon lange nicht mehr gesehen. Der Wald wirkt, als wäre alles mit Blattgold bedeckt worden. Der Boden, jeder Stamm und jedes einzelne Blatt erstrahlt in güldenem Glanz, wie es Hamish nie zuvor je sah. Der Wind wiegt derart sachte im Blattwerk, dass er selbst die kleinsten Insekten summen und krabbeln hört. Aus der sich legenden Müdigkeit sammelnd, richtet sich Hamish etwas auf und streckt seinen linken Arm in die Luft. Ein Streifen des vergoldeten Lichts der Sonne legt sich auf seine Handfläche. Wärmend hüllt das Licht seine Hand in goldene Schleier. Von einer Blume schwebt eine große und pummelige Hummel zu Hamish herüber und setzt sich, nicht lange zögernd, auf seine goldene und warme Hand. Langsam bewegen sich ihre Flügel und reflektieren das Sonnenlicht. Das gelb-schwarz-gelb gefärbte Fell leuchtet im goldenen Glanz der Sonne besonders intensiv. Hamish beobachtet die Hummel sehr genau. Sie reinigt sich den Kopf und die Flügel und hebt anschließend summend und brummend in die Luft. Etwas träge schwebt sie davon. Hamish setzt sich so gut er kann auf.

Die Feuerstelle ist kalt. Kein Feuer ist entfacht worden. „Brunhilde", ruft er: „Hallo? Ist jemand hier?" Aus einiger Entfernung ruft es: „Ja, Hamish. Du bist ja wach." Brunhilde eilt durch dichtes Gestrüpp zu ihm heran. „Hamish, du bist wach", verlautet sie mit leichter Anspannung. Hamish sieht sich erneut um: „Warum ist niemand hier? Wo sind denn die anderen? Wo ist Jakob?" „In der Frühe sind Schüsse gefallen - nicht weit von hier. Ich habe deine Freunde in den Wald geschickt, die Ursache zu ergründen. Ich war sie suchen, als du mich riefst." Hamish's Blick wendet sich in den Wald. Einer seiner Kameraden tritt gerade auf die Lichtung. „Mrs. Wallice. Wir brauchen Sie", ruft er Brunhilde zu. „Haben Sie etwas gefunden", fragt sie ihn. „Das haben wir. Nicht weit von hier ist eine Villa. Von dort aus wurde geschossen. Wir sind auf drei Fremde gestoßen, die versuchten die Vordertür aufzubrechen. Einige der Fensterscheiben waren eingeschossen." „Gesetzlose - in dieser Gegend?! Das klingt nicht gut", bemerkt sie: „Aber wozu benötigen Sie mich?" Entschlossen antwortet der

Kamerad: „Wenn dort jemand in der Villa lebt, ist er oder sie nach denn Schusswechseln wahrscheinlich sehr ängstlich und verunsichert. Wir dachten, dass Sie möglicherweise als diplomatische Vermittlerin zwischen uns und den Bewohnern des Hauses fungieren könnten." Brunhilde geht diesen Gedanken nochmals im stillen durch. Dann streichelt sie Hamish über den Kopf. „Würden Sie derweil auf meinen Mann aufpassen", verpflichtet sie Hamish's Kamerad. Dem Fingerzeig des Kameraden folgend steigt Brunhilde über Fossilien umgefallener Bäume und zwängt sich durch enges Buschwerk, ehe sie auf eine große Lichtung tritt, in deren Mitte eine große Villa steht. Die Wände bestehen aus roten Ziegelsteinen. Ein hölzerner Balkon schmückt die Stirnseiten der Villa. Vorne und hinten führt eine dunkle Doppeltür hinein in das alte Anwesen. Seitlich sitzen auf beiden Seiten jeweils sechs hohe Fenster, die bis zum Boden reichen und oben im Halbrund enden. Ein Dach aus gebrannten, dunklen Schindeln liegt wie ein schlechtes Omen auf den Mauern des Hauses. „Mrs. Wallice", hört sie jemanden rufen. Brunhilde tritt um das Anwesen herum. „Mrs. Wallice", ruft es erneut, ehe sie die anderen Kameraden am Hintereingang erblickt. „Guten Morgen", grüßt Brunhilde. „Ob dieser Morgen gut ist, können wir schlecht sagen", antwortet der größte, er heißt Jasper.
Jasper Harris ist der größte von den ehemaligen

Kameraden. Im Krieg verlor er zwar drei Zehen am rechten Fuß, kann damit aber dennoch gut laufen. Seine große Nase und das kantige Kinn ließen die Frauen immer dahinschmelzen. Nur seine Haare hat er nicht mehr, weshalb er immer einen Hut oder eine Mütze trägt. Brunhilde wirkt etwas nervös: „Wer hat denn nun geschossen? Ich mache mir Sorgen?" „Diese Sorgen müssen Sie sich nicht mehr machen, wenn Sie verstehen." Jasper lächelt und zieht seinen Revolver. Mit einem leicht verstörten Blick nickt Mrs. Wallice: „Ich - verstehe. Weshalb bin ich dann hergekommen", fragt sie weiter. Jasper deutet mit seinem Revolver auf das Anwesen: „Da ist jemand drin. Wir haben es poltern hören. Diese Gesetzlosen waren aus einem bestimmten Grund hier und der scheint noch dort drin zu sein." Mrs. Wallice ist sichtlich beunruhigt. Sie mustert das Haus und überlegt: „Und wenn da noch so ein Gesetzloser drin ist?" „Deshalb sind wir ja noch da. Sollte etwas schiefgehen werden wir Sie beschützen", sichert Jasper zu. Mrs. Wallice schüttelt den Kopf: „ Ich weiß ja nicht ob das funktioniert, aber gegen einen Versuch spricht eigentlich nichts." „Das meine ich doch auch." Brunhilde stellt sich vor die Tür. Die Kameraden stehen ein paar Schritte hinter ihr mit der Hand am Holster. Nach einem Moment der Stille klopft sie drei mal an. Tock - Tock - Tock. Leise hallt das Klopfen im Innern der Villa nach. Brunhilde tritt sachte ein paar Schritte zurück. Stille kehrt ein. Eine Minute - immer noch nichts. Brunhilde klopft erneut: „Hallo! Ist dort jemand drin? Sie brauchen keine Angst zu haben. Es ist sicher hier draußen", sagt Brunhilde. Wieder kehrt Stille ein. Doch dann beginnt eine helle, aber zittrige Frauenstimme zu sprechen: „Gehen Sie, bitte. Hier ist alles gut. Ich benötige keine Hilfe." „Würden Sie vielleicht kurz die Tür öffnen, damit wir uns davon selbst überzeugen können?" Der Ton der Frau wird noch ängstlicher, aber schärfer: „Nein! Gehen Sie. Wir brauchen Ihre Hilfe nicht." Brunhilde ist verwundert: „Sind Sie zu mehreren oder allein." Plötzlich schreit ein Mann: „Es reicht mir jetzt!" Brunhilde wird von der sich öffnenden Tür erfasst und taumelt zurück. Der Mann hat die Tür aufgetreten. Vor sich hält er eine Frau. Sie weint und schluchzt vor Angst. Er hat einen Revolver auf Mrs. Wallice und die Kameraden gerichtet. Brunhilde hat sich noch nicht gefangen und fällt beinahe hin, da brüllt der Mann: „Sie hätten sich nicht einmischen sollen!" Er schießt mit dem Revolver. Dreimal. Paff! - Paff! - Paff! Jetzt fällt Brunhilde doch. Zwei Kameraden liegen ebenfalls am Boden ehe Jasper seinen Revolver ziehen, und den Mann gezielt ins rechte Auge erschießen kann. Der Kopf des Mannes legt sich in den Nacken. Er lässt seinen Revolver fallen, hat die Frau jedoch noch in seinem Griff, sodass er sie mit auf den Boden zieht. Sie landet auf dem noch warmen, aber leblosen Körper des Mannes. Blut läuft wie aus Bächen seinen Schädel hinunter und benetzt die rötlichen Dielen des Bodens. Nachdem Jasper den Mann erschossen hat, sieht er, dass Brunhilde in den Rücken geschossen wurde. „Mrs. Wallice", schreit er. Sie liegt regungslos am Boden. Er kniet sich zu ihr hin und nimmt sie in seine Arme. Nur ihren Kopf kann Brunhilde noch bewegen. „Mrs. Wallice"; flüstert Jasper erschrocken. Ihr Kopf neigt sich leicht nach unten. Jasper stützt ihn mit seiner rechten Hand. Kaum wahrnehmbar und mit letzter Kraft flüstert sie: „Sorge für meinen Mann. Hier ist seine letzte Ruhestätte. Versprich es m…i…r…" Sie entschläft dem Leben mit ihrem letzten Atemzug und sackt in sich zusammen. Stille kehrt ein. Kein Wind weht, kein Vogel zirpt, kein Insekt summt. Still.

Aus der Ferne hört Jasper Hamish rufen. Jasper legt Brunhilde vorsichtig auf den Boden, steht auf und schaut nach dem toten Mann. Die Frau ist mittlerweile aufgestanden, beschimpft die Leiche und tritt auf sie ein. „Du dämliches Arschgesicht. Du bist das Letzte. Du hast alles zerstört!" „Es reicht! Kommen Sie, treten Sie weg von ihm." Jasper hilft der Frau über die Leiche. „Wer waren diese Leute"; fragt Jasper. Die Frau schluchzt noch immer. So sehr sie versucht sich zusammen zu nehmen, wird es nicht besser. „Ich kenne deren Namen nicht, aber sie kommen bereits seit einigen Monaten immer wieder.

Meinem Mann gehört - gehörte dieses Anwesen und die verlassenen Häuser nicht weit von hier. Seit einiger Zeit tyrannisieren diese Leute uns derart, dass die Dorfbewohner nach und nach weiterzogen. Es ist schrecklich. Und nun sind Sie hier aufgetaucht und haben sich eingemischt. Nun wird er Sie ebenfalls umbringen." „Kommen Sie erstmal mit. Wir haben ein Lager nicht weit von hier aufgeschlagen." Jasper lässt die Frau sich bei ihm einhaken. Die beiden und die restlichen Kameraden machen sich auf den Weg zurück in das Lager.
„Endlich seit ihr zurück", sagt Hamish erleichtert, stutzt jedoch im selben Moment: „Wo ist Brunhilde? Und wer ist - das?" Hamish sitzt inzwischen am Lagerfeuer. Der Kamerad hat ein neues Feuer entfacht. Es duftet nach frischem Kaffee. Hamish's Blick löst sich nur schwer von dem Anblick der Frau. „Bei solch einem Anblick kann sich selbst die Sonne nicht hinter einer Wolke verstecken. Ich bin Hamish. Hamish Wallice." Seit Jahren hatte Hamish nicht mehr so mit einer fremden Frau gesprochen. Sichtlich gerötet, geschmeichelt, aber auch ein wenig peinlich berührt nimmt die Frau Hamish's Kompliment an: „Ohh, Dankeschön. Ich bin Emilia." Jasper hockt sich zu Hamish hinunter und umarmt ihn kurz. „Ich muss dir leider eine traurige Mitteilung machen." Hamish ahnt es bereits., da von Brunhilde jede Spur fehlt. „Oh nein! Nein, nein, nein!" Er bricht vor Trauer zusammen. Jasper

tätschelt Hamish's Schulter. Er wendet sich von Hamish ab, hin zu der Frau. „Wie heißen Sie?" „Emilia Redwood." „Mrs. - Miss Redwood. Wäre es möglich, bei ihnen für einige Nächte unterzukommen?" Miss Redwood erinnert sich an ihren toten Mann, kann ihre Tränen jedoch mit Anstand zurückhalten: „Bleiben Sie so lange wie nötig, vielleicht länger. Ich lebe ab jetzt allein in diesem großen Haus und hätte gerne etwas Gesellschaft." Jasper gibt den anderen Kameraden die Order zum Abbrechen des Lagers. Er selber hievt den Rollstuhl aus dem Planwagen. „Hamish, wir müssen aufbrechen. Wir haben eine Bleibe für uns gefunden." Hamish hat den ersten Schock verarbeitet und sich wieder aufgesetzt. Mit klarer Stimme sagt er: „Dann lassen wir das alte Leben hinter uns." Jasper habt Hamish in seinen Rollstuhl und schiebt ihn mit einigen Umwegen durch den Wald zu dem Anwesen von Emilia Redwood. Dabei versucht Jasper die Hinterseite des Hauses zu meiden, um Hamish nicht weiter unnötig zu quälen. Emilia öffnet die Tür und Jasper schiebt Hamish hinein.

Das Anwesen steht in der Mitte einer weiten Lichtung. Der Boden um das Haus herum ist mit weißem Kies bedeckt. Ebenerdig dazu liegt die Vordertür. Vor und hinter dem Landhaus tragen sechs Pfeiler aus roten Backsteinen die beiden Balkone. Vom vorderen Balkon führt eine Tür mit kleinen Kastenfenstern in das Obergeschoss. Im 1. Stock befinden sich sechs Zimmer, jedes ist von seiner Größe her einzigartig. Ein langer Korridor führt zu einer Treppe, welche ins Erdgeschoss führt. Sie blicken nun auf die vordere Eingangstür. Direkt links von ihnen befindet sich das Herrenzimmer,

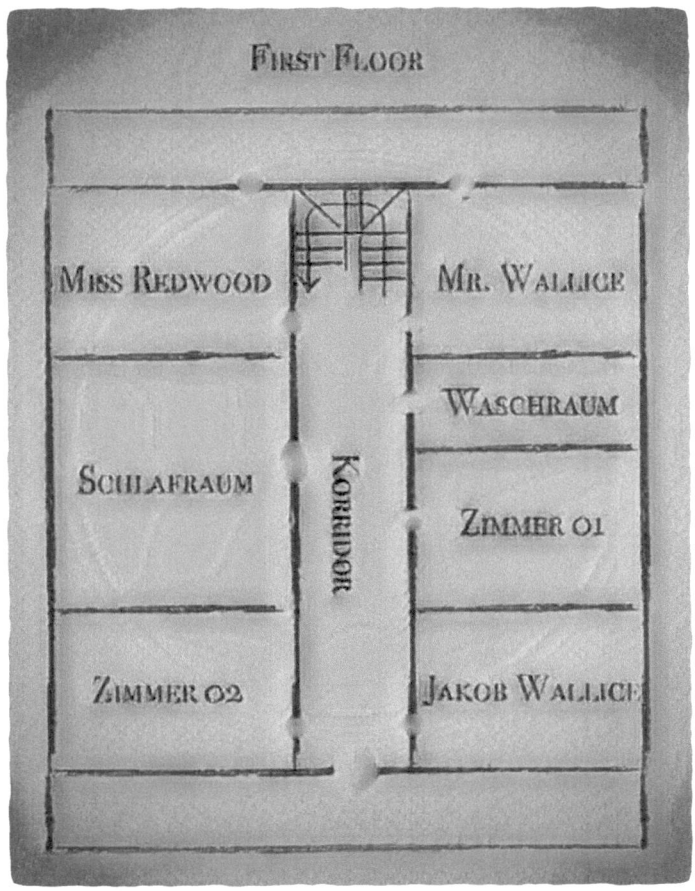

gefolgt von dem Salon. Auf der - von der Treppe aus betrachtet - rechten Seite liegt das Speisezimmer mit der Küche dahinter - wir stehen direkt daneben. Unter der Treppe führt eine kleine Tür aus der Küche in den Korridor. Ebenfalls führt unter der Treppe die andere Doppeltür hinaus zur Hinterseite des Landhauses in den Garten.

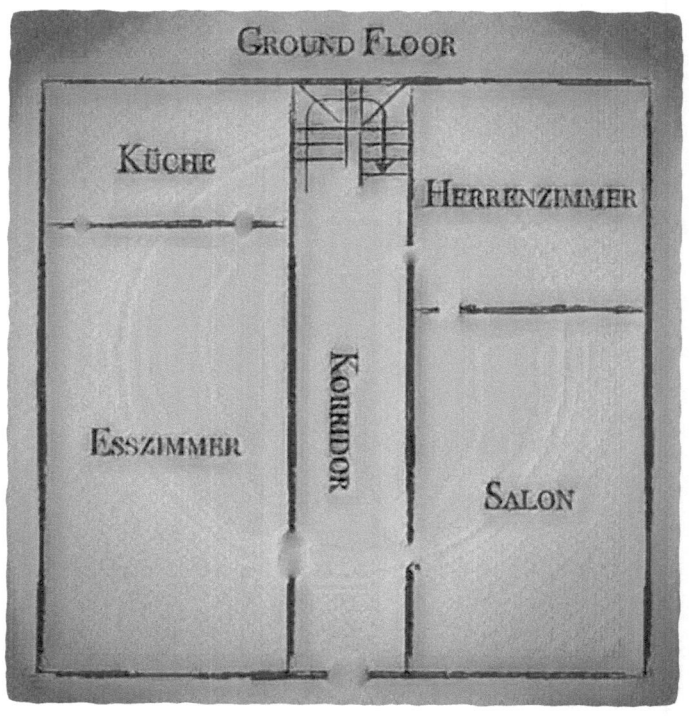

Kapitel 2

Hochzeit mit Hindernissen

21. Oktober 1863

Heute vor sechs Monaten wurde meine Mutter niedergeschossen und es vergeht kein Tag, an dem ich sie nicht vermisse. Vater hat sie seitdem nicht mehr erwähnt. Nur wenn er alleine vor dem Haus sitzt habe ich einmal beobachtet, wie er ganz leise vor sich hin flüstert und einige Tränen seine Wangen herunterlaufen. Ebenfalls vor sechs Monaten sind wir zu Miss Emilia Redwood in ihr Anwesen gezogen. Vater und Miss Redwood sind sich nach und nach immer näher gekommen. Ich kenne Miss Redwood zwar nicht so gut, aber ich weiß, dass sie meinem Vater gut tut. Zusammen können sie lachen und auch weinen - um ihre Verluste. Jasper Harris nimmt seine Aufgabe sehr ernst. Es scheint ihn nicht einmal anzustrengen. Er geht in seiner Arbeit richtig auf. Noch nie hat er sich um die Sicherheit und den Schutz eines derart großen Anwesens und dessen Bewohner gekümmert. Dennoch leidet er immer noch unter dem schmerzlichen Verlust der Frau seines ehemaligen Kompanieführers. Nun gut - heute ist der erste wirklich kalte Herbsttag. Es regnet und ein ordentlicher Sturm zieht seit letzter Nacht durch den Wald. Vater hat für heute eine kleine Feier geplant. Ich bin letzte Woche nach Statesville geritten, um bei einem Juwelier einen neuen Ring für meinen Vater abzuholen. Der Ring ist sehr schön. Aus Messing gefertigt, hält er einen feurig roten Rubin in einer verzierten Halterung. Vater will Miss Redwood nun um ihre Hand bitten, um einen neuen Bund einzugehen. Vater hat mich gebeten einen Brief in Statesville nach New York einzuwerfen. Wie schon bei Mutter will er seinen ältesten Freund Richard Rubinstein als Trauzeugen. Ich habe meinen Bruder ebenfalls gebeten herzukommen, jedoch weiß er nichts von der anstehenden Verlobung noch von der Liebschaft zwischen unserem Vater und Miss Redwood.

Ein Blitz schlägt über dem Haus ein. Jakob blickt aus dem Fenster. Die Bäume leuchten hell und bedrohlich auf, ehe sie wieder von der Dunkelheit umhüllt werden. Ein dumpfes Grollen lässt den Boden erzittern. Der Wind heult in jeder Ritze und das Wasser peitscht gegen die Fensterscheiben. Jakob legt sein Tagebuch beiseite und steckt die Feder in den Halter zurück. Er steht auf und verlässt sein Zimmer. Wieder blitzt es. Durch die Scheiben in der Tür hinter ihm fallen lange Lichtstrahlen in den

Korridor. Der Boden zittert. Jakobs Zimmer liegt am Ende des Ganges im Obergeschoss. An den Wänden hängen Leuchter mit jeweils zwei Kerzen darin, die den Flur nur spärlich ausleuchten. Er geht den Flur hinunter. Wieder wird der Korridor ganz hell, gefolgt von tosendem Grollen. Trotz eines erstaunlich voluminösen Kronleuchters im Treppenhaus muss Jakob seine Augen zusammenkneifen und sich am Geländer festklammern, um sicher nach unten zu gelangen. Er betritt den Salon. Hamish sitzt in seinem Rollstuhl an einem der hohen Fenster und schaut in den Regen hinaus. Wieder lässt ein Blitz das Haus erzittern. Neben dem Eingang zum Herrenzimmer steht ein gewaltiger Kamin. Er wurde aus einem Findling gemeißelt. Emilia Redwood sagt immer, dass dieser Kamin das Herz dieses Hauses sei. Jasper stapelt gerade einige Holzscheite in besagtem Kamin. Im Herrenzimmer surrt es plötzlich und eine Glocke schlägt vier mal. Danach folgt eine tiefere Glocke und schlägt vier mal. „In drei Stunden treffen die Rubinsteins ein", meint Jasper mit rauer Stimme und steckt sich eine Zigarette in den Mund. Aus einem Papierbrief bricht er ein Zündholz, steckt sich die Zigarette an und wirft es in den Zunder. Nur einen Moment später lodert eine Flamme im Kamin und einzelne Funken knistern den Schlot hinauf. Vor dem Kamin steht eine sehr breite Couch. Jasper schlägt sich den Staub von der Hose, setzt sich auf eines der hellbeige bezogenen Polster und legt seinen linken Arm über die Lehne. So wird er die nächsten Minuten sitzen und seine Zigarette bis zum Ende genießen.

Etwa drei Stunden später.

In der Küche lodert bereits seit heute Morgen durchgehend das Feuer unter den Kesseln. Nach feinstem Handwerk verziert eine junge Frau eine große Torte mit Sahnetupfen und eingelegten Kirschen. Auf einem metallenen Herd in der Mitte des Raumes blubbert eine cremige Suppe. Auf einem Tisch liegt ein Schwein in einem blechernen Kasten und ein dicker Junge steckt ihm gerade einen roten Apfel in den Mund. Er trägt einfache Kleidung und eine Kochmütze, die ihm eigentlich noch zu groß ist. „Schnell, schnell", ruft eine ältere mollige Frau - die Küchenchefin - im Vorbeigehen: „Das Ferkel sollte schon im Ofen sein", meckert sie weiter und peitscht den Jungen mit einem Küchentuch. Der Junge greift sich hastig den Kasten und schiebt das Tier in die Röhre. „Na los! Die Götterspeise wartet", delegiert sie weiter. Wie ein Aufseher überwacht sie alles und kommandiert jeden herum, ohne je einen Finger zu rühren.

Von weitem ist eine Kutsche zu hören. Jakob schaut aus einem Fenster im Speisezimmer. Als ein Blitz die Dunkelheit aufhellt, erkennt er die nassen, schwarzen Kaltblüter und eine große, dunkle Kutsche. Ein Peitschenhieb lässt die Luft zittern. Die Pferde werden langsamer und bleiben vor dem Haus stehen. Jakob geht zur Tür und öffnet sie. Wieder blitzt es. Der Kutscher steigt gerade von der Kutsche, da ist es wieder dunkel. Er öffnet die Tür, ein langer Stab streckt sich aus der Kutsche und wird plötzlich groß und voluminös. Ein großer, dürrer Mann steigt aus der Kutsche, gefolgt von einer Frau. Schnellen Schrittes schreiten sie über den kiesgebetteten Vorplatz. Der Kutscher schmeißt die Tür der Kutsche zu und macht die Pferde los. Jakob schließt die Tür hinter den beiden. „Hallo Jakob. Wie geht es dir", fragt Richard Rubinstein hastig. „Es geht mir…", er kann seinen Satz gar nicht beenden, da fällt ihm Richard ins Wort: „Schön, sehr schön. Gut siehst du aus." Richard schließt den Regenschirm, sieht sich kurz um und drückt ihn dann Jakob in die Hand. Sogleich legt er den Mantel ab und wirft diesen Jakob zu, welcher ihn überrascht auffängt. Richards dichtes, silbergraues Haar glänzt im Kerzenschein. Die buschigen Augenbrauen und das schmale, spitze Kinn, verleihen seinem Gesicht bemerkenswerte Züge. Er schreitet ganz selbstverständlich in den Salon.

Richard ist der älteste und über die Zeit hinweg auch Hamish's bester Freund. In der Schule trugen sie den Spitznamen „chaotisches Duo", weil sie immer wahnsinnig viel Spaß dabei hatten die Nummern der Räume auszutauschen. Richard war von der Art her ganz anders, als seine reichen Eltern. Er war schon damals unkonventionell und seine Art salopp. Nach der Schule nahm der Kontakt ab, blieb jedoch bis heute erhalten.

„Da ist ja der Mann der Stunde", ruft Richard verschmitzt. Er schnellt zu Hamish, der inzwischen neben der Couch am Kamin sitzt und schüttelt freudig seine Hand. „Richard! Komm, setz dich - altes Haus", begrüßt er seinen alten Freund: „Die Zeit meint es gut mit dir." Richard lächelt: „Der Zahn der Zeit wurde dir aber auch noch nicht gezogen. Ich kenne Leute, die sind in deinem Alter an der Front gestorben." Hamish lacht: „Ich weiß. Ha, einmal stand ich neben einem. Plötzlich hatte ihn eine Kugel erwischt. Pam! Mit dem Kopf voran in den Matsch. Wir konnten uns nur wegducken und weiterkämpfen." „Mein Gott. Aber wie sagt man so schön - kopflos glücklich!" Beide lachen herzhaft.

Die junge Frau aus der Küche betritt mit einem Tablett den Salon. Sie stellt eine Flasche Whiskey und zwei Gläser auf einen länglichen Couchtisch und verlässt den Raum. Hamish deutet auf die Gläser: „Genehmigen wir uns einen Drink. Auf die alten Zeiten." Richard schenkt beiden ein. Er nimmt das Glas, nippt und: „Ohhh - wow." „Ist ein guter Jahrgang", stimmt Hamish zu. Richard schenkt nach, nimmt das Glas und lehnt sich zurück: „Also, wie lange haben wir uns nicht gesehen." Er nimmt einen Schluck. Hamish überlegt: „Oh, das müssen… warte mal, sechs, sieben…" Er zählt mit den Fingern. „Zehn, bald elf Jahre her sein. Das war noch vor dem Krieg." Richard grübelt in der Vergangenheit: „Wir werden immer vergesslicher." Hamish lächelt: „Ich - weiß! Jetzt weiß ich es! Es war in New York. Beim Treffen der ehemaligen Mitglieder des Rudervereins." Richard geht ein Licht auf: „Richtig. Du hast ein Gedächtnis wie ein Elefant. Auch wenn du nicht mehr laufen kannst bist du ein wandelndes Tagebuch." „Wo du Elefant sagst. Weißt du wer damals auch da war?" „Ne." „Na der dicke, wie ein Elefant im Porzellan Fachgeschäft. Ach wie hieß der noch:" „Harvey Burns!" „Richtig! Harvey Burns", stimmt Hamish zu. Richard fährt fort: „Der war zu unserer Jugend schon nicht der dünnste, aber mit der

Zeit wurde der immer dicker und dicker." „Wie ein Elefant." „Eben. Wie ein Elefant. Und so hat er auch das Buffet runtergerissen. Einmal ausgerutscht und zack - bedeckt mit feinstem Schweinebraten und garniert mit heißer Sauce." Richard schenkt nochmals nach. Hamish lehnt ab: „Zwei Gläser sind genug. Ich bin eigentlich trocken." „Da kenne ich dich aber noch ganz anders. Als du noch nicht mit Brunhilde verheiratet warst, konnte es gar nicht genug geben. Mein Beileid nochmals für den tragischen Verlust. Ich hoffe du hast die erste Zeit nach ihrem Tod gut überstanden." Hamish sammelt sich und muss eine Träne wegdrücken: „Es geht mittlerweile schon besser. Auch durch meine neue Partnerin." Richard staunt nicht schlecht: „Hamish. Nicht schlecht. Der eine Fisch ist kaum weg, da hängt schon der nächste an deiner Angel?" Hamish's Blick spricht Bände. „Bitte entschuldige meinen Ausdruck", fährt er fort: „Und? Ist sie die richtige?" „Ich glaube schon. Es fühlt sich an - ich fühle mich - wie damals. Deshalb habe ich nach dir schicken lassen. Ich möchte heute um Emilias Hand anhalten und hätte dich gerne für die dann kommende Hochzeit als Trauzeuge." Richard überlegt: „Es ist jetzt über dreißig Jahre her, dass ich das erste mal dein Trauzeuge war und ich sage dir jetzt dasselbe wie damals. Es wäre mir eine Ehre, den Bund der Ehe zwischen meinem ältesten Freund und seiner wahren Liebe vor Gott zu bezeugen!" Hamish lächelt etwas: „Ich bin so froh, dass du hier bist. Wie lange habt ihr vor zu bleiben?" „Ich habe mir frei genommen und ich kenne diese Gegend noch nicht besonders gut, aber sechs Nächte könnte ich bleiben." „Das ist gut. Dann haben wir genug Zeit, um dir unser schönes Land zu zeigen." Richard schenkt sich noch einen Schluck ein: „Darauf müssen wir anstoßen." Er hebt sein Glas und lässt den Whiskey die Kehle hinunterlaufen.

Das Gewitter ist derweil weitergezogen. Dennoch schüttet es unaufhörlich weiter. In der Dunkelheit wiehert ein Pferd. Auf einmal öffnet sich die Tür und ein Mann tritt ein. Er trägt einen Flintenmantel, welcher mit Wasser durchtränkt ist. So, wie es draußen regnet, so tropft der Mantel nun auf den hölzernen Boden. Mit den Händen fährt er sich über das Gesicht und schüttelt seine nassen Hände aus. „Harry", ruft Jakob und eilt ihm aus dem Speisezimmer entgegen. „Vater hat sich einen tollen Tag ausgesucht", meint Harry ermattet. Er wischt sich die vom Regen nassen und strähnigen Haare aus den Augen und redet weiter: „Um was geht es eigentlich bei dieser Sache. Er war so geheimnisvoll in seinem Brief?" Jakob hilft Harry den Mantel auszuziehen und gibt ihn dem vorbeigehenden Küchenmädchen mit. „Er will es dir persönlich sagen. Er meinte, es sei keine Nachricht für einen Brief", antwortet Jakob. Harry hört seinen Vater und Richard im Salon lachen: „Ich wusste gar nicht, dass Richard auch da ist." Er betritt den Salon - Jakob folgt ihm. Hamish und Richard sind gerade in ein Gespräch vertieft. Hinter ihnen knistert das Feuer im Kamin. „Richard", grüßt Harry. Richard unterbricht seinen Satz und dreht seinen Kopf zu ihm. Dann springt er auf und geht langsam auf ihn zu: „Harry Cleveland Wallice! Da ist ja der Bauer endlich - wir warten schon", meint Richard. Beide umarmen sich herzlich. „Wie geht es dir? Wie geht es Frau und Kind", fragt er weiter. „Mir? Ich kann nicht klagen. Die letzte Ernte war recht ordentlich. Bettina ist mit der Kleinen auf dem Hof geblieben." „Schade, ich hätte sie gerne mal wieder gesehen", äußert sich Richard. Da betritt auf einmal Emilia in einem Abendkleid den Salon. Richard schiebt Harry beiseite: „Mannomann. Sie müssen Emilia sein." Er schreitet zu ihr hin und küsst ihre Hand. Emilia wirkt leicht überrascht, aber dennoch erfreut. „Richard Rubinstein", stellt er sich vor und verbeugt sich. „Wie erfreulich Ihre Bekanntschaft zu machen", entgegnet Emilia. Im Herrenzimmer beginnt die Standuhr zu schlagen. Harry geht währenddessen zu seinem Vater. „Harry", begrüßt Hamish ihn und breitet seine Arme aus. Harry beugt sich zu ihm runter und umfasst ihn. „Wie geht es dir", erkundigt sich Harry. Hamish überlegt einen Moment und erwidert schließlich: „Es dauert, sich an nur ein Bein zu gewöhnen. Jedoch habe ich auch gute Nachrichten." Harry sieht seinen Vater leicht überrascht an, jedoch kommt er zu keiner Nachfrage, da Emilia die Herren über die bereiteten Speisen informiert. Nach einigen Minuten der Sondierung finden sich alle im Speisezimmer ein.

Circa eine Stunde später.

Das Küchenpersonal räumt gerade den Hauptgang von der langen Tafel. In der Mitte des Tisches thront noch das Gerippe des Spanferkels. Den Kopf hat es leicht zur Seite geneigt. In einer weißen Schüssel liegen noch drei Knödel. Am Tisch sitzen Hamish und Emilia, Jakob und Harry, Richard mit seiner Frau, drei Kameraden und Jasper, der sich eben noch die Sauciere reichen lässt. Er gießt die dampfend heiße, braune Bratensauce über die Reste auf seinem Teller. Hamish hebt sein Wasserglas und schlägt es behutsam mit seinem Messer an: „Ich hoffe es hat euch gemundet, vor allem der wunderbare '32er Merlot." Richard bemerkt verschmitzt: „Der '25er Jahrgang war auch vorzüglich." Er lacht. Hamish redet weiter: „Aber es gibt einen bestimmten Grund, warum wir alle heute hier sind. So schmerzhaft der Verlust von Brunhilde auch war, die Liebe überwiegt doch jeden Schmerz." Hamish schaut Emilia in ihre Augen: „Ich kann leider nicht mehr stehen, geschweige mich hinknien - Würdest du dich bitte erheben?" Emilia steht auf und bleibt neben Hamish stehen. Er holt eine Schatulle aus einer Hosentasche und öffnet diese: „Emilia Redwood - möchtest du mich heiraten?" Emilia bricht in Tränen der Freude aus und macht einen kleinen Satz. „Ja! Ja! Sehr gerne", jubelt sie laut. „Oh wirklich?! Ja, meine Emilia. Das macht mich glücklich", stimmt Hamish mit in den Jubelgesang ein. Richard, Jakob und die Kameraden stehen auf und fangen an zu klatschen. „Bravo", rufen sie. Hamish ruft fröhlich: „Das müssen wir mit Kuchen feiern." Kaum ausgesprochen öffnet sich die Tür und die korpulente Küchenchefin schreitet mit einer gewaltigen Sahnetorte aus der Küche an den Tisch heran. Als sie die Torte anschneidet und auf mehreren Tellern verteilt hört man die Haustür zufallen. Verdutzt halten alle inne und zucken leicht zusammen. Es wird still.

Hamish bemerkt sofort - einer fehlt. Von draußen ist nur ein sich entfernendes Pferd zu hören. Harry, der mit leidender Miene die Verlobung seines Vaters sah, hat das Haus, überstürzt und ohne ein Wort zu verlieren, verlassen. Hamish lehnt den Kuchen ab und schiebt sich zu einem Fenster. Die anderen setzen ihre Unterhaltungen fort. Emilia stellt ihren Teller nach zwei Happen ebenfalls zur Seite und geht zu Hamish. Sie legt ihre Hand auf seine rechte Schulter: „Gib ihm Zeit. Irgendwann wird er es verstehen." Hamish blickt in ihr Gesicht: „Ich hatte gehofft, dass er sich für mich freuen würde." „Seine Mutter ist gestorben - das ist nie leicht. Und nun zu sehen, wie schnell du weiterziehst - bereitet ihm Angst." „Was für ein Glück habe ich nur, dass ich dich gefunden habe." Emilia lächelt und küsst ihn.

Einige Wochen später.

17. Dezember 1865

Seit einer Woche liegt Schnee. Mindestens 20 Zentimeter hoch. Morgen findet die Hochzeit von meinem Vater und Emilia Redwood statt. Dafür hat Vater die Saint Mary's Church ausgewählt. Durch den Schnee haben jedoch die Pferde und Kutschen Schwierigkeiten

voranzukommen. Richard ist mit seiner Kutsche etwa eine halbe Meile von hier stecken geblieben, sodass sie ihr Hab und Gut auf die Pferde laden mussten. Mit zwei zusätzlichen Pferden gelang es uns jedoch die Kutsche aus dem Schnee zu befreien.
Ich hoffe, mein Bruder kommt zu der Hochzeit. Auch wenn er sich seitdem nicht mehr gemeldet hat, ist er immer noch sein Vater. Ich hoffe generell, dass es Harry gut geht und ihm nichts widerfahren ist.
Sei es wie es sei, ich werde heute noch den Weg von dem vielen Schnee befreien müssen.

Es hat aufgehört zu schneien. Zum ersten Mal seit sechs Tagen bricht die Wolkendecke auf und die Sonne erscheint über dem Horizont. Hoch steigt sie zwar nicht, aber dennoch bringt sie alles zum Funkeln. Überall glitzern einzelne Schneekristalle. Auch die braunen und grauen Gerippe des Waldes sind mit weißem Schnee bedeckt. Die Sonne scheint auf das weiße Schneedach des Landhauses. Gerade öffnet sich die Vordertür und Jakob tritt mit einem breiten, hölzernen Schieber hinaus in den Schnee. Er trägt einen dicken, braunen Fellmantel und eine rotbraune Mütze. Im vergangenen Herbst hatte Jasper mehrere Füchse im Wald erlegt und aus den guten Fellen zwei Fellmützen gemacht. Sein Atem kondensiert an der kalten Luft. Sie ist sehr feucht, sodass sich winzige Eiskristalle bilden und zu Boden rieseln. Jakob schiebt die Schneeschaufel durch den Schnee, bis er auf etwas Stumpfes stößt und über den Kiesboden schrappt.

Nach einigen Minuten ist Jakob in vollem Gange, als sich dir Tür öffnet und Richard mit einem Becher Kaffee aus dem Haus kommt. Er mustert Jakob und geht dann auf ihn zu. „Ach hier steckst du", bemerkt Richard erfreut. Jakob dreht sich um und wünscht ihm einen Guten Morgen. „Na, bist du am Schneeschaufeln. Weißt du, ich kenne zwei Leute, die sind beim Schneeschaufeln gestorben", führt Richard weiter aus. Jakob verdreht die Augen und meint etwas genervt: „Ich weiß. Die Geschichte hast du mir schon oft genug erzählt." Richard wirkt verwirrt. Mit dieser Reaktion hat er nicht gerechnet. Jakob redet indes weiter: „Dir muss doch kalt werden, so ganz ohne Mantel. Geh doch wieder rein und erzähle meinem Vater diese sehr wundervolle Geschichte. Er ist bestimmt schon wach. Aber lass mich bitte in Ruhe den Schnee schaufeln." Richard wirkt zwar nicht beleidigt, aber verwundert und kehrt wieder um. Jakob nimmt die Schaufel wieder in die Hand und macht weiter, als er in der Ferne einige Kutschen auf das Haus zufahren sieht. Er steckt die Schaufel in den Schnee und folgt Richard schnell hinein. „Sie sind da", ruft er in den Korridor. Richard geht die Treppe nach oben und Hamish meldet sich aus dem Salon: „Schon?" Jakob betritt den Salon: „Ich habe ihnen gesagt, dass sie doch etwas früher kommen sollen, aber so früh hätte ich sie nicht erwartet. Aber du bist ja schon fertig angezogen." „Nur Emilia ist noch oben. Ich darf sie ja nicht sehen." Richard kommt in den Salon, gekleidet in einen weinroten Anzug, mit rot-schwarz gemusterter Weste, schwarzem Hemd und weinroter Krawatte. „Also ich wäre dann so weit", sagt Richard stolz.

Hamish und Jakob setzen sich mit Jasper und einem weiteren Kameraden in die erste Kutsche. Nach einigen Minuten treten Emilia, Richard, seine Frau und die drei anderen Kameraden aus der Tür. Emilia, Richard, seine Frau und ein Kamerad setzen sich in die zweite Kutsche. Die beiden anderen Kameraden setzen sich zu den Kutschern auf die Kutsche und gemeinsam machen sie sich auf den Weg nach Statesville.

Nachmittag - am selben Tag.

Um 17 Uhr ist die Saint Mary's Kirche voll. Hamish sitzt vor dem Altar in seinem Rollstuhl. Der Pfarrer steht neben ihm. Beide unterhalten sich über das Aussterben der kleinen Läden in den kleinen Gassen der Stadt. Als die Orgel einsetzt verstummen alle Gespräche. Die große Tür öffnet sich und Emilia tritt in die Kirche, gefolgt von Richard, der ihre Hand hält. Er begleitet sie zum Altar. Als Hamish sie zum ersten mal sieht, werden seine Augen etwas feucht. Emilia trägt ein voluminöses, weißes Kleid. Es reicht bis zum Boden. Die leicht transparente Schleppe schwebt majestätisch über den Boden. Ihr Gesicht ist von einem leichten Schleier bedeckt. Elegant gehen sie durch das Mittelschiff der Kirche an den gefüllten Kirchenbänken vorbei. Richard verbeugt sich leicht vor den beiden und setzt sich dann neben Jakob in die erste Reihe. Plötzlich geht die große Tür einen Spalt weit auf. Jakob bemerkt dies, da die Tür sehr laut knarrt. Er dreht sich kurz um und erkennt Harry, der sich außen an den Kirchenbänken vorbei schleicht. Er steigt in die erste Reihe und setzt sich neben Jakob hin. Jakob mustert ihn verwundert und flüstert: „Was machst du denn hier? Du hättest doch Bescheid sagen können, dass du doch zur Hochzeit kommst." Harry antwortet leicht entschuldigend: „Ich wäre auch nicht gekommen, aber meine Frau hat mich dazu gedrängt." „Das sieht man. Dein Anzug ist total

staubig", stellt Jakob fest. Harry reagiert genervt: „Ich bin doch hier! Reicht das nicht!"
Der Pater beendet das Gespräch der Brüder und begeht den Gottesdienst zur Trauung: „Sehr geehrte Anwesende. Heute sind Sie zu Gast bei der Vermählung von Hamish Clemence Wallice und Emilia Redwood. Heute werden zwei sich Liebende eins vor Gott." Der Pater lässt den Blick kurz schweifen und fährt fort: „Sind die Trauzeugen anwesend?" Richard erhebt sich. Auch zwei Frauen stehen kurz auf. Richard schaut nach links, hat die beiden jedoch noch nie zuvor gesehen. Sie müssen aus Emilias Familien- und Freundeskreises stammen. „Sie können sich setzen!", sagt der Pater in einem scharfen Ton, als sei es ein Befehl. „Die Liebe!", betont er: „Ist etwas magisches. Denn auch in der dunkelsten Stunde ist sie da. Wie eine Konstante - wie das Mehl in einem jeden Kuchen - wie der Mörtel zwischen den Ziegeln, der das Haus zusammenhält. Und wenn sich zwei Liebende finden, so kleben sie aneinander wie die Ziegel einer Wand oder wie das Mehl zwischen Zucker, Ei und Butter. Gott hat uns die Liebe nicht ohne einen Grund geschenkt. Sie ist die Hoffnung und das Vertrauen in dieser Welt. Der Bund der Ehe ist auch deshalb nichts, womit man herumspielen sollte, wie

mit Bauklötzen. Bis der Tod die Liebenden scheidet!" Er schreit diesen Satz so laut, dass einige leicht dösige Menschen in den Bankreihen zusammenzuckend wieder aufwachen. „Der Tod ist ein Freund. Fürchtet euch nicht! Das sagte der Engel in der Grabeshöhle von Jesus. Doch wiegt der Tod schwer für jene, die leben. Die Liebe kann auch diese Grenze überschreiten. Denn die Liebe ist nicht begrenzt auf diese Welt. Sie reicht weit bis in den Himmel und hinab bis in die tiefste Katakombe des Abgrundes. Der Bund der Ehe festigt diesen Strang - diese Verbindung zwischen den Liebenden, sodass ihr keine Grenzen gesetzt sind. Und so frage ich dich Harry Clemence Wallice, nimmst du Emilia Redwood zu deiner angetrauten Frau? Wirst du sie lieben und ehren - in guten, wie in schlechten Zeiten - bis, dass der Tod euch scheidet?" Hamish überlegt keinen Moment: „Ja." „Und so frage ich dich Emilia Redwood. Möchtest du Hamish Clemence Wallice zu deinem Mann nehmen? Wirst du ihn lieben und ehren - und wirst du dies in guten, wie in schlechten Zeiten tun, bis dass der Tod euch scheidet?" Emilia blickt nur mit ihren Augen zu Hamish und antwortet: „Ja, das werde ich." „So sei es nun vor Gott und all den Anwesenden hoch und heilig verkündet: Mit der mir verliehenen Macht vereine ich euch zu Mann und Frau. Sie dürfen sich nun küssen." Kaum ausgesprochen dreht sich Hamish zu Emilia, hebt den Schleier über ihr Gesicht und küsst sie auf den Mund. Alle beginnen zu klatschen und stehen auf. Nur Harry bleibt mit verschränkten Armen sitzen. „Die Ringe", ruft der Pater Richard zu. Richard tritt aus der Kirchenbank und holt ein Tuch aus der Innentasche seines Jackets. Harry vernimmt von draußen laute Pfeiftöne. Sie werden lauter. Als ein Schuss fällt legt sich die heitere Stimmung in der Kirche. Auf einmal wird die Kirchentür aufgeschlagen und zwei maskierte Männer mit Säcken über der Schulter stürmen in die Kirche. Ihnen folgen sechs in blaue Uniformen gekleidete Polizisten. Schnell greift sich einer der Männer den Pastor und gibt einen Warnschuß ab. Einige Leute schreien vor Angst. Alle ducken sich und suchen Schutz hinter den Kirchenbänken. „Bleiben Sie dort alle stehen", schreit der maskierte Mann mit dem Pastor als Geisel. Die Polizisten gehen mit gezogenen Waffen langsam auf die beiden zu. Der vorderste Polizist versucht die Lage zu entschärfen: „Das hat doch keinen Zweck mehr! Geben Sie auf Merkury. Ich sage Ihnen", er kann seinen Satz nicht beenden, da fällt ihm der Geiselnehmer ins Wort: „Halten Sie Ihren Mund! Es ist noch nicht vorbei!

Und wenn Sie uns nicht gehen lassen, ist der Pfaffe tot!" Er richtet den Revolver auf den Kopf des Paters und flüstert: „Hier gibt es doch sicherlich einen zweiten Ausgang, oder?" Zitternd antwortet der Pater: „Nur durch den Keller - hinter der Küche." „Gut, dann kommen Sie mit." „Als Geisel?" „Als Lebensversicherung!" Der vordere Polizist reagiert genervt: „Schluss jetzt mit dem Geflüster! Ich zähle jetzt bis..." Die beiden Maskierten fangen an zu schießen und verschwinden hinter einer großen Marienstatue. „Hinterher", schreit der Polizist. Als er und seine Kollegen in den Keller kommen, versperrt ihnen der Pater den Weg. Er sitzt bewusstlos auf einem Stuhl und versperrt den Gang. „Die sind weg. Das können wir vergessen." „Aber Sir", meldet sich ein sehr junger Polizist: „so schnell können die beiden nicht sein. Wir könnten sie bestimmt einholen." Mit leichter Wut in der Stimme entgegnet der führende Polizist: „Haben Sie eine Ahnung wie groß dieser Keller ist, Junge! Selbst erfahrene Männer der Kirche verirren sich hier unten! Es ist zwecklos. Wir kehren um - los!" Die Hochzeitsgesellschaft rund um Hamish und Emilia Redwood hat sich inzwischen wieder gefangen. Auch die Freude über die Hochzeit hält erneut Einzug. Nur Harry hat die Kirche mittlerweile verlassen und ist abgereist. Hamish und Emilia sind von einigen Leuten umgeben. Richard erzählt gerade von einer Nonne bei einem seiner Golf Matches. Alle lachen lautstark.

Die Polizisten treten hinter der Statue hervor und begeben sich in die Mitte der Kirche. „Darf ich um Ihre Aufmerksamkeit bitten!", ruft ein Beamter, sich langsam im Kreis drehend. Das Lachen und die Gespräche ebben ab. „Dankeschön! Wenn Sie mir nun bitte folgen würden! Sie alle müssen diesen Tatort nun verlassen! Bitte folgen Sie mir nach draußen vor das Haus!" wiederholt er, bevor er in Richtung der großen Tür schreitet. Im ersten Moment scheint sich niemand zu regen, aber nach und nach setzen sich alle in Bewegung.

Nachdem die Polizistem die Kirche abgesperrt haben, richtet er sich nochmals an die Hochzeitsgesellschaft, die sich erneut köstlichst amüsiert. „Dankeschön für ihre Kooperation! Einen schönen Tag!" Nachdem seiner Aussage kaum Beachtung geliehen wurde, wendet er sich von den Leuten ab und geht, woraufhin ihm die anderen Polizisten folgen. Einer von ihnen bleibt an der nächsten Straßenecke stehen. Die anderen überqueren diese und gehen weiter, ehe sie an der nächsten Ecke hinter den Häusern der Seitenstraße verschwinden.

Die Hochzeitsgäste steigen allmählich in ihre Kutschen und fahren in den Kern der Stadt zu einem *Grand Hotel Restaurant*.

Kapitel 3

Redwood

13. Februar 1866

Der Winter ist bisher sehr mild gewesen. Es hat viel geregnet. Teilweise so viel, dass wir tagelang das Haus nicht verlassen konnten. Seit Anfang der Woche gibt es eine Regenpause, sodass wir endlich mit dem Fällen der Bäume rund um das Anwesen beginnen konnten. Denn hier sollen Felder entstehen. Nach der Hochzeit ist Emilia mit uns zu einer Siedlung gefahren. Sie erzählte, dass kurz nach dem Bau dieses Hauses auch die Siedlung entstanden sei. Jedoch kam es nie dazu, dass die Häuser bewohnt wurden. Wir wollen nun einen neuen Versuch wagen, die Häuser renovieren und die Siedlung noch weiter ausbauen.

Jakob legt die Feder auf sein Tagebuch und schaut aus einem Fenster. Die kleine Lichtung ist zu einem großen, runden Feld geworden. Jasper, der die Leitung für dieses Projekt übernahm, hat mit Emilia und Hamish beschlossen, einige große Bäume auf den Feldern stehen zu lassen. Sie sollen erhalten werden, um auch im Sommer Schatten zu spenden.

Am Rand des Feldes werden noch immer Bäume gefällt. In Statesville kennt Emilia einen Schreiner. Er hat nur einen Gesellen und gemeinsam arbeiten sie in einem kleinen Schuppen. Am vergangenen Samstag war Emilia bei ihm und konnte ihn überreden, in das zukünftige Dörfchen Redwood zu ziehen. Sie sagte ihm, sie hätte viel Holz und bräuchte einen zuverlässigen Schreiner für

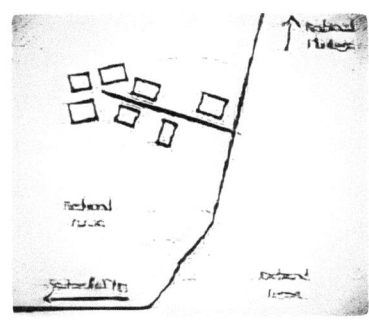

den Wiederaufbau der Häuser und deren Inneneinrichtung. Kurz vor Mitternacht kam Emilia mit seiner Zusage zurück.

Nach einem guten, ausgedehnten Frühstück machen sich Emilia, Jakob und Jasper mit einem Pferdewagen, Holz und Werkzeug auf den Weg in die Siedlung. Jasper sitzt auf einem Baumstamm der Rotbuche und beäugt die große Holzkiste mit dem teils rostigen Werkzeug. Jakob sitzt neben Emilia auf dem Kutschersitz. „Und? Kommt der Schreiner heute?" Emilia schlägt mit den Zügeln und antwortet fundiert: „Ich hoffe, dass er die Siedlung findet. Ich habe ihm auch gesagt, er soll sein Werkzeug mitbringen. Auch wenn wir noch welches hatten, so ist es nicht gerade in bestem Zustand." „Ich verstehe. Ist es wirklich in Ordnung, wenn ich mir nachher eines der Pferde nehme", fragt Jakob weiter. „Der Wagen bleibt die kommenden Tage in der Siedlung. Nimm das Pferd und reite nach Statesville. Der Termin mit George Roßwell ist auch sehr wichtig, wenn wir wollen, dass diese Siedlung zu einem florierenden Ort voller Leben und Austausch wird." In diesem Moment überqueren sie den letzten Hügel vor der Siedlung. Ein paar Häuser stehen verfallend an einem, von Gräsern überwucherten und vom Regen aufgeweichten Pfad. Gemächlich fährt Emilia den Wagen in den matschigen Seitenweg. Unter der Last der vier Räder drückt sich die braune Erde zur Seite und bildet tiefe Furchen. Hinter dem ersten Haus auf der rechten Seite ist eine große Lücke. Sie lenkt die Pferde dort hin und bleibt schließlich parallel zu dem Weg stehen. Emilia steigt von dem Wagen und tritt in den Matsch. „Sehr schön. Gut, dass ich Gummistiefel angezogen habe. Jakob, such dir eines der Pferde aus", sie verweist mit ihrer Hand auf beide, noch eingespannten Pferde. „Danke Emilia", antwortet Jakob, während er vom Kutschersitz steigt. Unter dem Sitz hat Jakob einen Sattel und Satteltaschen verstaut, die er eben noch hervorzieht. Jasper hebt inzwischen die

Holzkiste mit allerhand Werkzeug darin unter höchster Anstrengung und dem einen oder anderen Stöhnen von der Ladefläche und stellt sie im hohen Gras abseits des Weges ab. Jakob legt das Zaumzeug auf die Ladefläche des Wagens und steigt auf das gesattelte Pferd. Jasper dreht sich gerade um, erblickt Jakob auf dem Pferd und lacht: „Das… haha… Mit dem Pferd kannst du vielleicht Kuhleder verkaufen oder Milch an den Mann bringen…haha." Jakob antwortet leicht verdutzt: „Für das schwarz-weiße Fell kann das Pferd doch nicht!" Er schnalzt mit der Zunge und reitet im Galopp davon. „Jetzt können wir nur warten", meint Jasper zu Emilia und will sich auf den Wagen setzen. Emilia antwortet leicht kühl, aber humorvoll: „Wenn dir langweilig ist, kannst du jedes Haus nach brauchbarem Gut absuchen. Der Schreiner kommt schon noch." Jasper steigt wieder vom Wagen und geht zu dem Haus auf der gegenüberliegenden Straßenseite. Emilia spricht flüsternd weiter: „Jedenfalls hoffe ich, dass er kommt."

Jasper verschwindet in dem Haus. Es ist schmal und steht mit der kurzen Seite zur Straße. Das Spitzdach besteht nur noch aus einigen hölzernen Schindeln und verrottenden Holzbalken. Die Sonne scheint durch das löchrige Dach und fällt wie vereinzelte weiße Farbkleckse auf die nasse Lehmwand. In dem einen Raum stehen ein paar Holzbänke. Jasper schiebt die Bänke beiseite, damit er weiter in den Raum hineintreten kann. Weiter hinten steht ein Tisch. Eine modrige, rötliche Decke deckt den Tisch ab. In dessen Mitte liegt ein Buch auf einem kleinen Pult. Links neben dem Buch liegt ein metallener Kerzenhalter. Jasper nimmt das Buch in seine Hände. Er liest das erste, was sein Auge wahrnimmt: „Gott sah sich die Erde an: Sie war verdorben, denn alle Wesen aus Fleisch auf der Erde lebten verdorben. Genesis 6,12." Jasper klappt das Buch zu und legt es zurück auf das Pult. Leise flüstert er weiter: „Das muss eine Art Kapelle gewesen sein." Sein Blick hebt sich. Er fällt auf den Kamin, der circa zwei Meter hinter dem Tisch an der schmalen Rückwand steht. Auf der linken Seite neben dem Kamin hängt ein Schrank mit zwei einfachen Holztüren auf Kopfhöhe an der Wand. Jasper schiebt den Tisch ebenfalls an eine Wand, damit er sich nicht an ihm vorbei quetschen muss. Er tritt an den Schrank heran. Er ist aus Eichenholz gefertigt, aber einfach gehalten. Jasper öffnet die Türen. Er erschrickt, als ihm ein paar Kerzen entgegen fallen. In dem Schrank liegen viele Kerzen. Neben die Kerzen wurde eine silberne, hohe Dose gequetscht.

Jasper nimmt die Kerzen aus dem Schrank und legt sie auf den Tisch. Danach holt er die Dose heraus und öffnet diese. Sie ist leer. Er nimmt sie dennoch mit, greift sich die Bibel und verlässt das Haus. Emilia geht die Straße auf und ab, bis sie Jasper sieht: „Hast du etwas gefunden", fragt sie rufend. Er hält das Buch in die Luft: „Nur eine Bibel, Kerzen und diese leere Dose. Es muss eine Kapelle sein." Emilia tritt voller Freude an ihn heran: „Lass mich das Buch mal sehen. Was steht vorne im Einband drin?" „Ich weiß es nicht." „Lass mich das einmal sehen." Mit einer hastigen Bewegung ergreift sie das Buch und öffnet das Buch auf der ersten Seite und liest vor: *„Dieses Buch gehört Karl Redwood. Erworben 1782*. Das ist die Bibel meines Großvaters." Jasper ist erstaunt: „Aber warum liegt sie hier?" „Mein Großvater hat diese Siedlung zusammen mit meinem Vater vor ungefähr 46 Jahren errichtet. Er muss die Bibel noch selber dort hineingelegt haben. So wie mein Vater es erzählte, hat in keinem der Häuser jemals etwas stattgefunden." „Und warum hat dein Großvater es dann nicht wieder mitgenommen?" „Es wurde wahrscheinlich vergessen. Kurz nachdem hier alles fertig war, wurde er von der Merkury Shell Bande umgebracht. Ich war damals zwei Jahre alt und mein

Vater hatte mehr mit meiner Mutter und mir zu tun. Wahrscheinlich wusste Vater nichts von dem Buch und so hat es jetzt hier gut fünfzig Jahre zugebracht." „Das ist erstaunlich. Diese ganze Situation mit der Siedlung, deinem Großvater und deinem Vater ist einfach...", Jasper findet keine Worte, um diese ganze Geschichte einordnen zu können.

„Hallo?", schallt es plötzlich aus dem Wald. Emilia und Jasper schauen sich um. „Hallo!", ruft es jetzt. Die Stimme klingt heiser. Emilia kommt die Stimme bekannt vor, ist sich jedoch nicht sicher, was Jasper anhand ihres Stirnrunzelns bemerkt. Jasper ergreift das Wort: „Hallo! Folgen Sie meiner Stimme, wenn Sie können. Aber ich warne Sie auch, hier warten ein dutzend Gewehre darauf, auf ein sich bewegendes Ziel zu schießen." Kurz herrscht Stille. Jasper zieht seinen Revolver, doch dann: „Ich bin Schreiner. Und jetzt suche ich meine neue Wirkungsstätte, aber ich muss falsch abgebogen sein." Emilia mischt sich ein: „Herr Mendel! Hier spricht Miss Redwood. Wir warten bereits auf Sie. Wo sind Sie denn? Können Sie unserer Stimme folgen?" Auf einmal kommt zwischen zwei Bäumen und einem Busch ein kleiner Kastenwagen hervor und fährt auf den Weg auf. Gezogen wird dieser von einem zierlichen Pferd. Vor dem Kastenaufbau sitzt auf einem kleinen Sitz der Schreiner Reiner Mendel, ein kleiner, dicker, schon älterer Mann mit schütteren schwarzen Haaren. Er trägt ein weißes Hemd und darüber eine graue Latzhose. „Brrrrrr!" Das kleine Pferd bleibt ruckartig stehen und Herr Mendel purzelt von seinem Sitz. Hastig steht er wieder auf und gibt dem Pferd einen Klaps: „Du dummes Pferd! Ich schwöre, irgendwann schlachte ich dich, mache Lasagne aus dir und trage deine Haut als Hut!" Emilia versucht ihn zu beruhigen, während Jasper sich ein Lachen verkneifen muss. Der Wagen von Herrn Mendel steht parallel zu dem von Emilia und Jasper. „Wo haben Sie ihren Gesellen gelassen", fragt Emilia interessiert. Herr Mendel, der sich eben eine neue Latzhose aus seinem Wagen holt erklärt: „Ach, der hat noch zu tun. Ich hoffe, er schafft es heute noch. Aber weniger von mir, reden wir über diese…", er schaut sich die Häuser flüchtig an: „diese…Holz… ja." Emilia meint beschwichtigend: „Ich weiß, es sieht nicht gerade nach einer leichten Aufgabe aus, aber deshalb habe ich Sie gefragt. Außerdem haben wir viele tatkräftige Männer, die gerade noch am Holzfällen sind, Ihnen aber zur vollen Verfügung stehen." Reiner Mendel überlegt und geht einige Schritte auf und ab: „Gut. Das ist gut. Ich werde mir die Häuser jetzt erstmal anschauen und dann geht es morgen los. Sagen Sie das Ihren Arbeitern." Er betont seine Aussage mit einem deutlichen Fingerzeig. „So wird es gemacht. Und bitte suchen Sie sich ein Haus aus, welches dann Ihre zukünftige Werkstatt wird. Wir hatten ja darüber gesprochen", erklärt Emilia. „Das werde ich auch erst morgen sagen können", meint Herr Mendel.

Statesville - Einen Tag später.

Jakob hatte sich für die Nacht in einem Saloon eingemietet. Er hatte Glück, denn es war das letzte freie Zimmer. Heute Morgen ist es leer im Gastraum. Jakob ist gerade mit dem Frühstück fertig und bringt seinen Teller und ein leeres Glas zurück zum Tresen. Der Barceeper dankt und Jakob verlässt den Saloon. Er streckt sich etwas und überprüft akribisch, ob sein Anzug auch richtig sitzt. Dann holt er einen Brief aus der Satteltasche des Pferdes und steckt diesen in die Innentasche seines Sakkos. Er steigt auf das Pferd, streicht ihm durch die Mähne und reitet zum Bahnhof. Neben dem Schalterhäuschen für Zug Fahrkarten steht ein provisorischer Tisch mit einem Dach aus weißem Stoff, was durch die Witterung durch und durch grau geworden ist. Hinter dem Tisch steht ein älterer Herr. Er trägt eine dunkelgraue Latzhose. Sein rundes Gesicht wirkt freundlich, auch wenn er griesgrämig dreinschaut. „Hallo, ich würde gerne einen Brief abgeben", begrüßt Jakob den Postangestellten und holt den Brief hervor. Gelangweilt aber in dennoch hastigen Worten antwortet der Angestellte: „Dann her damit, Ich müsste nämlich schon längst weg sein." Jakob übergibt den Brief. Dieser verschwindet in dem Schlitz einer hölzernen Box. Dann hastet der Postbeamte zu einer Kutsche neben dem Fahrkartenhaus. Jakob beobachtet noch, wie die Box im Kofferraum verschwindet, bevor er wieder auf sein Pferd steigt und in Richtung eines runden Platzes davonreitet.

In der Mitte des Platzes steht eine Statue von George Roßwell, dem Gründer der Roßwell Railway Company. Aus Bronze gegossen steht er 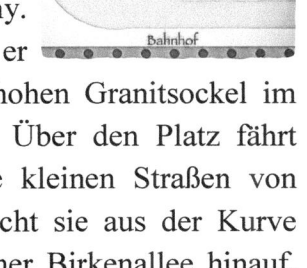 dort auf einem sieben Fuß hohen Granitsockel im Anzug und mit Backenbart. Über den Platz fährt eine Straßenbahn. durch die kleinen Straßen von Statesville. Bimmelnd quietscht sie aus der Kurve die Hauptstraße zwischen einer Birkenallee hinauf. Jakob zieht an den Zügeln des Pferdes und reitet auf der rechten Seite an der Straßenbahn vorbei.

„Kaufen Sie mein Buch und verstehen Sie den Unterschied der Rassen. Für nur 25 Dollar", schallt es von einem Marktschreier auf der anderen Straßenseite herüber. Der in einem ockergelben Anzug gekleidete Herr hält eines seiner Bücher hoch in die Luft. Eine schwarze Frau bleibt kurz stehen, spuckt ihm vor die Füsse und schreitet energischen Schrittes an ihm vorbei. „Ich bin kein Wissenschaftler, ich bin ein Rassist", bewirbt er weiter sein Buch. Aus einer kleinen Gasse kommt ein kleiner Wagen geschossen, sodass Jakob stehen bleiben muß. Er hält inne und blickt nach rechts. Ein junger Arbeiter tritt durch eine hölzerne Tür. Aus dem Inneren hört Jakob Hammer klingen und jemanden Anweisungen geben. Die Tür ist durch zwei Mamorsäulen eingefaßt, die teils von Holzplanken umbaut sind. An der Tür ist ein Zettel angeheftet. *Hier entsteht das erste Lichtspielhaus der Region* steht darauf. „He! Nun bewegen Sie sich doch! Ich muß noch wo hin!", brüllt ein Kutscher. Die Situation entspannend hebt Jakob seinen Arm in die Richtung des Kutschers, schnalzt kräftig mit der Zunge und reitet die Straße weiter hinauf. Er reitet an einer Bank vorbei und kommt auf eine große Kreuzung. Eine Kutsche kommt ihm entgegen. Er läßt sie passieren. Plötzlich bimmelt hinter ihm eine

Straßenbahn. Sein Pferd wiehert unruhig. Die Zügel kräftig haltend reitet er quer über die Kreuzung, hält an einem roten Haus an und steigt vom Pferd. Aus einer der Satteltaschen holt er eine Mappe heraus. Plötzlich hört er jemanden kreischen. Auf der gegenüberliegenden Straßenseite bemerkt er einen Polizisten, der mit ausgestreckten Armen einem Kind hinterher stolpert. Dabei schimpft eine Dame mit Sonnenhut, er solle diesen Balg doch endlich einfangen. Mit einer Damentasche in den Händen klettert das Kind immer wieder den schiefergrauen Eisenzaun des States Court hoch. Jedoch, als der Polizist ihn beinahe zu fassen bekommt, macht der Junge einen Satz und stürmt weiter um den Beamten herum. Jakob wendet seine Augen ab und geht drei Stufen zu einem umzäunten Haus hinauf. Der grüne Zierzaun bietet einen direkten Kontrast zu den rötlichen Aussenmauerziegeln des Hauses der Roßwell Railway Company. Schnellen Schrittes geht er an drei weißen Fenstern vorbei und bleibt vor einer braunen Holztür stehen. Er klopft drei mal an. Prompt öffnet sich die Tür. Eine junge Frau in schwarzem Kleid und einer weißen Schürze darüber steht Jakob gegenüber. Sie bittet ihn herein, er folgt ihrer Bitte. Stumm geleitet sie ihn durch einen langen, dunklen Flur, bis sie zu einer angelehnten

Tür kommen. Sie weist auf einen einfachen Stuhl links neben der Tür und entschwindet den Flur runter. Jakob setzt sich auf den Stuhl und legt die Mappe auf seinen Schoß. Er blickt nach links, nach rechts und wieder nach links. Stille. Nicht mal aus dem Raum kommt ein Geräusch. Durch den Türspalt tritt etwas Licht in den Flur. Er verfolgt den Lichtstreifen vom Boden bis hoch zur Decke, als sein Blick auf ein Bild fällt, was exakt gegenüber der Tür an der Wand hängt. Es ist ein Portrait. Von der Statue auf dem Bahnhofsplatz erkennt er die Person wieder. Es ist George Roßwell. In dem Gemälde steht er, in einem beigefarbenen Anzug und mit Hut und Stock vor einer großen Lokomotive. Das Portrait ist in einen überdimensionierten, vergoldeten Rahmen eingefasst. Auf einmal öffnet sich die Tür und George Roßwell tritt heraus. Er sieht sich im Flur um und blickt danach nach unten. Mit einer tiefen Stimme beginnt er zügig zu sprechen: „Ah, Mr. Wallice. Kommen Sie rein." Jakob betritt das Zimmer und schließt die Tür hinter sich. Erst jetzt fällt ihm auf, wie groß Herr Roßwell ist. George Roßwell ist kein kleiner Mann. Er ist ein hoch gewachsener, stattlicher Mann. Sein volles, schwarzes Haar glänzt ein wenig. Nur an den Schläfen ist es grau. Er lässt sich einen markanten

Ziegenbart stehen, der ihn älter aussehen lässt. Mit seiner rechten Hand weist er auf einen einfachen, hölzernen Stuhl an einem Ende des Tisches: „Setzen Sie sich Mr. Wallice." Jakob setzt sich. George Roßwell setzt sich am anderen Ende des Tisches in einen gepolsterten, reich verzierten Stuhl. Jakob legt die Mappe auf den Tisch. George Roßwell verschränkt seine, mit Ringen besteckten Finger und stützt sich mit den Armen auf den Tisch. „Also Mr. Wallice. Was kann ich für Sie tun? In Ihrem Brief sagten Sie nur etwas von Möglichkeiten." Jakob öffnet seine Mappe und holt einige Papiere heraus: „Es sind Möglichkeiten, die ich Ihnen zeigen möchte. Ich vertrete in meiner Funktion als Anwalt einen Mandanten. Diesem Mandanten ist es bedauerlicherweise nicht möglich persönlich hier zu erscheinen. Im Grunde geht es meinem Mandanten aber um die Erweiterung des Eisenbahnnetzes bis in den Redwood Forest hinein, um die dort entstehende Siedlung Redwood an die Zivilisation anzuschließen und somit Wachstum und Wohlstand für die Menschen zu sichern. Darüberhinaus benötigt die Siedlung Redwood einen Bahnhof für Personen- und Güterverkehr, ein Rangiergleis sowie ein Abstellgleis inklusive Prellbock im Bereich des Bahnhofs, um den reibungslosen Betrieb am

Gleisende gewährleisten zu können." George Roßwell lehnt sich in seinen Stuhl und überlegt. Dann kommt er zu einem Schluss: „Sie kommen hier her - zu mir, und versprechen mir Möglichkeiten vom Himmel herunter. Aber dann soll ich meine Ressourcen für ihren Mandanten einsetzen? Auf mein Risiko? Ohne eine Finanzierung Ihrerseits?" Jakob nickt. „Das nenne ich mutig. Also damit hätte ich nicht gerechnet." Jakob lehnt sich auf den Tisch: „Also werden Sie das Vorhaben unterstützen?" George Roßwell überlegt einen Moment: „Haha, nein!" Er lächelt. Jakob steht auf und geht mit einigen zusammengehefteten Blättern zu ihm herüber: „Ich habe Ihnen ein extra Exemplar ausgefertigt. Lesen Sie es sich doch bitte wenigstens durch." Er reicht ihm den Antrag und setzt sich wieder auf den Holzstuhl, während Mr. Roßwell durch die Seiten blättert. Auf der letzten Seite fällt ihm eine Unterschrift besonders auf. „Ist es möglich, dass…", redet er vor sich hin. „Wer ist diese Frau Redwood? Wie heißt sie mit Vornamen", fragt er Jakob interessiert. „Emilia. Emilia Redwood", antwortet er. George Roßwell grübelt laut weiter: „Ist es möglich? Emilia. Dann bist du doch noch hier. Nach so langer Zeit. Wissen Sie", spricht er: „Ich werde diesen Antrag genehmigen. Jetzt gleich!"

Jakob ist verwundert und fragt verdutzt: „Darf ich fragen wie es zu Ihrem Sinneswandel gekommen ist?" „Das dürfen Sie nicht! Aber wenn die Eisenbahn in ihr Dorf fährt, werde ich Sie besuchen und Ihnen bei einem guten Essen vielleicht diesen Geistesblitz erklären. Wir sind hier fertig. Sie dürfen gehen." Jakob kann nicht glauben, was gerade passiert ist, packt dennoch wie geistesabwesend seine Mappe und verlässt den Raum. George Roßwell beäugt erneut die Unterschrift von Emilia Redwood unter dem Antrag und murmelt: „Wie kann das nur wahr sein. Emilia, meine alte Flamme. Noch immer da…"

Jakob verlässt das Haus und tritt die Rückreise nach Redwood an. Noch am selben Abend überbringt er Emilia und Hamish die gute Nachricht. Auf seine Frage, ob Emilia einen George von irgendwo her kenne, erhielt er keine schlüssige Antowort.

Tagebucheintrag vom 14. Februar 1866: Nachtrag: Das Treffen über den Antrag der Erweiterung des Eisenbahnnetzes verlief überraschenderweise positiv für mich und meine Mandanten Emilia und Hamish. Ich weiß nach wie vor nicht, woher der plötzliche Sinneswandel von George Roßwell kam, der das Projekt erst ohne weiteres ablehnte. Als ich Emilia nach George

Roßwell fragte, ignorierte sie diese merklich.
Der Schreiner scheint laut Emilia sehr gut zu sein. Ich freue mich schon darauf, ihn bald persönlich kennenzulernen.

Jakob sitzt im Pyjama an seinem Schreibtisch. Er legt die Feder beiseite und löscht die Lampe, die auf dem Tisch steht. Dann geht er zu Bett.
Am nächsten Morgen wird er von einem Knall geweckt. „Scheiße", dröhnt es von draußen. Jakob steht auf und schaut aus dem Fenster. Vor dem Haus steht der Pferdewagen. Jasper belädt diesen mit Holz. Eine Zinkkanne mit Kaffee darin ist durch die starken Erschütterungen von dem Kutschersitz gefallen. Der Kaffe ist ausgelaufen und im Boden versickert. Jasper sieht die Kanne auf dem Boden liegen, hebt sie auf und verschwindet im Haus. Neben dem Wagen ist ein kleiner, knubbliger Mann dabei, Holz von einem Stapel auf den Wagen zu hieven. Jedoch würde jeder sein Problem bemerken. Er ist zu klein, um auf den Wagen zu gelangen. Mit seinem Kopf ragt er gerade so an die Ladefläche heran. Dennoch lässt er sich durch diese Hürde nicht bremsen. Er legt Balken für Balken längs auf den Rand der Ladefläche und schiebt sie dann einzeln weiter drauf. Jasper verlässt mit der Kaffeekanne das

Haus und stellt sie wieder auf den Kutschersitz. Mit einem gekonnten Griff nimmt er sich fünf Holzbalken auf einmal und legt sie auf den Wagen. Herr Mendel blickt neidisch drein und will zu einem weiteren Balken greifen, als Jasper meint: „Lassen Sie nur Herr Mendel. Wir haben erstmal genug Holz für den Tag. Lassen Sie uns fahren." Mit flinken, kurzen Schritten tritt Herr Mendel um den Wagen herum und hangelt sich zu dem Kutschersitz hoch. Auch Jasper steigt auf den Wagen, nimmt die Zügel und lenkt die Pferde in Richtung der Zufahrt. Jakob sieht ihnen noch einen Moment hinterher, ehe er sich im Bad frisch macht und schließlich zu Hamish und Emilia in das Speisezimmer stößt. Auf dem Tisch steht ein großer, geflochtener Korb mit hellen, großen Brötchen darin. Sie sind dampfend heiß und erfüllen den Raum mit einem warmen, heimeligen Duft. Jakob atmet die sanfte Luft tief ein. „Guten Morgen", sagt Hamish. „Hast du gut geschlafen", fragt Emilia. Jakob und Emilia sitzen am Kopfende des Tisches zur Küche hin. Jakob setzt sich gegenüber von Emilia hin. „Euch auch einen guten Morgen. Ich habe gut geschlafen, wenn die Nacht auch etwas kurz war", antwortet Jakob. Er greift nach einem der großen Brötchen und legt es auf seinen Teller. Emilia greift eine weiße, schlichte

Kanne und fragt ihn: „Magst du Kaffee?" Jakob hebt seine Tasse und Emilia schenkt ihm eine volle Tasse ein. Hamish lehnt sich etwas zu ihm herüber und fragt: „Und? Konntest du den Brief an Harry gestern noch abschicken?" Jakob trinkt noch einen Schluck Kaffee. „Mh, Ich habe den Postkutscher gerade noch erwischt. Der Brief sollte bald bei ihm ankommen", meint er, während er das Brötchen aufschneidet. Auf dem Tisch steht ein Holzbrett mit allerlei Käsesorten und eine versilberte Platte mit Wurstaufschnitt. Jakob nimmt sich ein orangegelbes Stück Käse. „Ist das der Gloucester", erkundigt er sich. Emilia nickt und meint: „Ich bin ja erstaunt, dass du englischen Käse kennst." „Diesen Käse kenne ich von deinem Mann hier." Jakob deutet mit seiner Hand auf seinen Vater. „Mein Großvater kam aus England und war in einer Käserei tätig", erklärt Hamish. Emilias Augen funkeln ein wenig: „Warum hast du mir das nie erzählt. Seit Monaten kommen hier Pakete mit englischem Käse an und jetzt erfahre ich das bei einem Frühstück?" Sie lächelt Hamish an. Er schaut etwas verlegen zurück und meint: „Bis jetzt war einfach noch nicht der richtige Zeitpunkt dafür gekommen." Emilia lächelt noch immer und fügt hinzu: „Wie du meinst. Aber darüber müssen wir nochmal sprechen. Ich lasse mir nur englischen Käse kommen. Der schmeckt am besten. Der Gloucester zum Beispiel kommt aus Südengland. Er wird in Gloucestershire aus der Milch von Kühen, den sogenannten Gloucester Kühen, hergestellt. Und so weit ich, oder mein Vater es von seinem Vater wusste gibt es den Gloucester schon seit dem achten Jahrhundert." „Ja, jetzt kann ich das Alter schon beinahe schmecken", wirft Jakob scherzhaft ein, nachdem er in sein, mit Gloucester belegtes, Brötchen beißt. Emilia winkt mit einem spottenden Lachen ab.

Von draußen scheinen die Strahlen der Wintersonne in das Speisezimmer. Einige Spatzen und eine Amsel zwitschern in den Bäumen des Waldes ihr Lied. Emilia, Hamish und Jakob genießen noch eine Weile ihr ausgelassenes Frühstück mit Käse, Brot und vielem mehr.

Kapitel 4

Wie das Land, so das Leben

Am 17. Dezember 1865 hat Harry Cleveland Wallice die Hochzeit seines Vaters stumm verlassen. Er nahm sein Pferd und ritt durch den Schnee zurück zu seinem Hof. Seine Frau Bettina sagte ihm bereits vorher, er solle nicht zu der Hochzeit gehen, da er dort nur zusehen könne, wie sein Vater Emilia zu seiner angetrauten Frau nähme. „Tu' dir das nicht an, das ist wie Folter für deine Seele. Dein Vater weiß, dass du damit nicht einverstanden bist. Er hat es verstanden und akzeptiert. Aber wenn sich Emilia und Hamish wirklich lieben, solltest du es geschehen lassen", meinte Bettina zu Harry. Er wollte davon nichts wissen und reiste noch am selben Abend ab. Auf der Hochzeit konnte er jedoch nicht intervenieren. Er sah die beiden - voller Liebe und Wärme. Er war gerührt und verletzt zugleich.

Als Harry nach der Hochzeit nach Hause kommt, fällt Bettina ihm um den Hals. Er schluchzt leise. „Wie war es", fragt Bettina ruhig und leise. Zuerst bekommt sie keine Antwort. Dann löst sich Harry aus der Umarmung und setzt sich an einen kleinen quadratischen Tisch. Er stützt den Kopf mit seinen Händen. Eine Träne perlt über seine rechte Wange. „Es war furchtbar", meint er. Bettina setzt sich gegenüber von ihm hin. Sie blickt in Harry's glänzende, braune Augen. „Sag' nicht, du hast…", fängt sie an zu vermuten. Er beteuert leise: „Ich konnte es nicht. Als ich Emilia das erste mal traf, dachte ich, was will sie von meinem Vater, einem gehbehinderten, alten Mann. Aber als ich sie heute zusammen sah - sie waren so liebevoll zusammen, da konnte ich nichts sagen." Er schluchzt wieder etwas. Bettina streicht ihm über die Wange. „Du bist ein guter Mann, ein guter Mensch. Du hast das richtige getan", bekräftigt sie aufmunternd. Harry schmunzelt, lacht und schluchzt zugleich: „Fühlt sich nicht richtig an." „Manchmal ist das richtige zu tun schmerzhafter, als das falsche zu tun. Doch wiegen falsche Entscheidungen über die Zeit hinweg schwerer und werden nicht vergessen. Der Schmerz das Gute zu tun vergeht", meint Bettina würdevoll. Harry wischt sich die Tränen aus dem Gesicht. „Du hast und hattest recht. Ich bin jetzt erleichtert, mich nicht derart aufgeführt zu haben." Bettina steht auf und streckt Harry ihre Hand entgegen. „Komm, lass uns ins Bett gehen." „Und was ist mit Alice", fragt

Harry. „Schläft seit einer Stunde", flüstert sie. Er greift nach ihrer Hand.

20. Februar 1865 - ein Dienstag.

Seit dem Morgen regnet es unaufhörlich. Wie aus Kübeln fällt das Wasser vom Himmel. Mitten in der Prärie, vier Tage nordöstlich von Statesville entfernt, liegt der Hof von Harry C. Wallice und seiner Frau Bettina. Sie selbst nennen den Hof die *Wallice Farm.* Groß ist der Hof nicht. Er besteht aus einem umzäunten Weizenfeld, einer kleinen Scheune, einem Windrad und einem kleinen Bauernhaus. Das Haus ist ebenfalls eher klein. Es ist viereckig. Durch die hölzerne Tür auf der Vorderseite gelangt man in einen großen Raum. Auf der linken Seite des Raumes 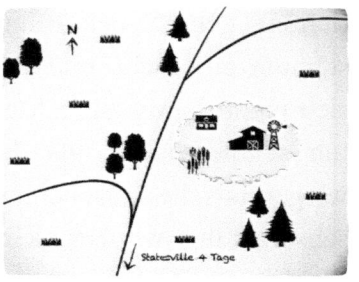 steht ein viereckiger Tisch mit vier Stühlen darum und ein offener Schrank. Er ist mit einfachem, getöpfertem Geschirr gefüllt. Auf der rechten Seite steht vor einem Fenster ein breites Sideboard. Darauf liegt etwas Gemüse auf einem Brett. Daneben steht eine große, emaillierte Schüssel. In der Mitte des Raumes liegt ein mittlerweile grauer, abgetretener Teppich. Ebenfalls auf der rechten Seite des großen Raumes führen zwei Türen in zwei Räume. Ein Kinderzimmer für die mittlerweile fast fünfjährige Alice und ein Zimmer mit einem einfachen Doppelbett. Beide Räume haben jeweils ein Fenster, welches auf der kurzen Außenwand liegt. Es ist ein kleines Haus, dennoch wohnen Harry und Bettina gerne darin.

Der Tag neigt sich dem Abend. Es regnet nach wie vor unaufhörlich. Dröhnend prasselt das Wasser auf das, aus Holzschindeln gebaute, Spitzdach des Bauernhauses. Bettina, Harry und Alice sitzen nach dem Abendbrot noch an dem quadratischen Tisch. Der Raum wird durch einzelne Petroleumlampen und Kerzen erleuchtet. Auf dem Boden, neben dem Tisch liegt ein Karton. Darauf steht geschrieben:

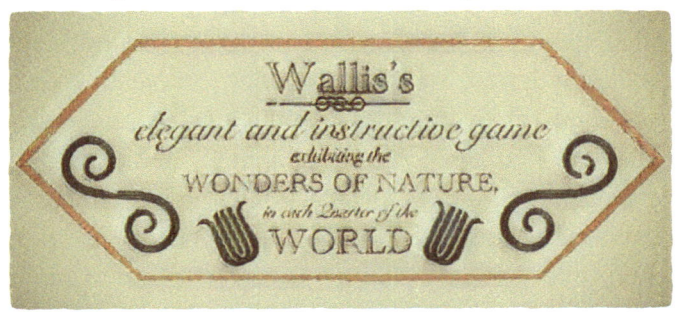

Wallis' elegantes und lehrreiches Spiel, welches die Wunder der Natur in jedem Viertel der Welt ausstellt.

Auf dem Tisch liegen viele bunt bemalte Karten, welche die kuriosesten Tiere und Orte der Welt darstellen. Genüsslich bennenen die drei, was sie auf den Karten sehen und zu manchen Bildern denkt sich Harry kurze Geschichten aus, sodass Alice immer wieder zu lachen anfängt. Auf einer Karte ist ein großer Eisberg abgebildet, der im weiten Ozean schwimmt. Auf einer anderen Karte stehen zwei Giraffen in hohem Gras und haben ihre Hälse umeinander verschlungen. Eine dritte Karte zeigt einen großen Löwen, der brüllend auf einem Felsen steht. Emilia zeigt auf eine Karte und meint: „Was ist denn das für ein komischer Vogelmann da?" Harry nimmt die Karte in die Hand sagt: „Das ist ein Indianer, Alice. Und die Federn, die er trägt, stehen für tapfere Taten, die er einst vollbracht hat. Dieser Indianer ist schon sehr alt und weise." „Können wir diese Indianer auch mal besuchen", fragt Alice interessiert. Bettina lacht und meint: „Wir wissen ja gar nicht, wo sich die Indianer aufhalten. Und wenn wir das wüssten, wissen wir nicht, ob sie uns denn überhaupt sehen möchten. Weißt du, Indianer leben sehr zurückgezogen. Sie beobachten mehr, als dass sie Fremde in ihre Dörfer lassen." Alice sieht sie verwundert an. „Das heißt wir können sie nicht sehen, aber sie uns schon? Das verstehe ich nicht. Warum wollen sie uns nicht kennen lernen. Ich möchte ihnen doch nichts tun", sagt Alice aufrichtig. Harry erklärt weiter: „Es gibt aber ganz viele andere

Leute, die nicht so nett zu den Indianern sein wollen, wie du. Deshalb leben sie so zurückgezogen." Alice lässt den Kopf leicht hängen und äußert traurig: „Schade. Ich würde so gerne einen Indianer sehen." Plötzlich klopft es laut an der Tür. Alle sind still. Nur der prasselnde Regen ist zu hören. Es klopft wieder - dreimal. Harry steht auf und geht zur Tür. Alice verkündet voller Hoffnung: „Vielleicht ist das ja ein Indianer." Bettina lächelt und meint nur: „Das wäre ein großer Zufall." Sie steht auf und legt Alice ihre Hand auf die Schulter. „Komm, wir machen dich bettfertig." Alice steht auf und sagt verspielt: „Okay. Gute Nacht Indianer." Harry öffnet im selben Moment die Tür. Eine schwarze Gestalt steht draußen. Sie ruft: „Ich habe einen Brief für Harry Cleveland Wallice!" „Das bin ich", bestätigt Harry und fordert den Herrn auf hereinzutreten. Hinter ihm schließt Harry die Tür. „Ein furchtbarer Regen, nicht wahr", meint Harry. „Das können Sie laut sagen", pflichtet der Postbote bei. „Ich weiß gar nicht, wie ich weiterkommen soll. Hier ist ja nichts in der Gegend. Kein Hotel, keine Poststelle, wo ich Pause machen könnte", klagt der Bote. Harry schlägt kurz entschlossen vor: „Bleiben Sie heute Nacht hier." „Danke, aber ich möchte Ihnen keinen Umstand bereiten", äußert er rücksichtsvoll. „Das tun Sie nicht. Solange es Ihnen nichts ausmacht, in der Scheune zu schlafen, ist das kein Problem für uns", macht Harry deutlich. „Das ist mehr als genug.

Ich werde auch nur für die Nacht bleiben und morgen früh weiterreisen." „Sie müssen zum Frühstück bleiben. Meine Frau macht das beste Brot der Region." „Na gut. Ein solches Angebot lässt sich wohl schlecht ausschlagen", drückt sich der Bote höflich aus.

Nachdem der Bote Harry den Brief übergibt gehen beide schnellen Schrittes zu der Scheune und verschwinden darin. Harry entzündet eine Kerze und führt den Postboten zu einem leeren Stallplatz mit frischem, getrockneten Stroh darin. Er bedankt sich und legt seine durchnässten Kleider ab. Harry lässt ihn alleine und geht zurück in sein Haus. Er setzt sich an den Tisch und räumt die Karten des Erlebnisspiels zusammen. Danach nimmt er sich den Brief. Das Siegel seines Vaters verschließt das Blatt Papier. Er bricht das Siegel auf, entfaltet das Papier und beginnt zu lesen.

Mein Lieber Sohn,

Ich hoffe, du und deine Frau seid wohlauf. Als ich dich zuletzt sah, stand ich vor dem Pfarrer neben meiner neuen Liebe und nun angetrauten Ehefrau Emilia. Ich weiß, dass du sie nicht besonders gut leiden kannst. Aber vielleicht liegt das auch daran, dass ich mich so früh nach Brunhildes Tod wieder verliebte. Aber es vergeht kein Tag, an dem ich ihre heitere und immer positive Art nicht vermisse. Und dennoch weiß ich, dass sie jeden Tag bei mir, bei

Jakob und auch bei dir ist. Emilia trägt meine Trauer mit mir mit und stärkt mich jeden Tag, sie nicht zu vergessen. Ich hoffe du verstehst meine Entscheidung oder wirst sie eines Tages verstehen. Und ich hoffe du weißt, dass du immer bei mir willkommen bist. Egel wann, egal in welcher Situation.

Innig hoffe ich auf ein baldiges Wiedersehen. In ewiger Liebe,

dein Vater

Hamish Wallice-Redwood

Harry überfliegt den Brief erneut und legt ihn dann auf dem Tisch ab. Bettina tritt aus Alice's Zimmer und schließt die Tür leise hinter sich. „Was ist denn Harry", fragt sie ruhig. Harry braucht einen Moment, dann meint er etwas perplex: „Es ist ein Brief von meinem Vater." „Und, was schreibt er", fragt Bettina interessiert nach. „Ich - muss das erst einmal selbst begreifen. Lass uns morgen darüber sprechen", äußert Harry sich, steht auf und entschwindet ins Schlafzimmer. Bettina wirft einen kurzen Blick auf den Brief und folgt Harry schließlich.

Am nächsten Morgen erstrahlt das Weideland im goldenen Glanz der Sonne. Der Himmel ist wolkenfrei. Vereinzelt haben sich kleine Teiche gebildet. Harry ist mit der aufgehenden Sonne aufgestanden. Er hat die Stalltore geöffnet und die zehn Kühe raus auf das weite, grüne Feld der Prärie geführt, wo sie den Tag über grasen, bevor sie am Abend wieder in die Scheune geführt werden, um gemolken zu werden. Harry hat ebenfalls den Postboten geweckt. Dieser geht bereits Bettina beim Backen der Brote zur Hand. Etwas ungeschickt formt er die Hälfte des Teiges zu, naja es ist immerhin essbar. Bettina hat den Tisch bereits gedeckt. Leberwurst und abgehangener Schinken liegen neben leckerem Hartkäse und Schmalz vom Schwein. Gerade tritt Harry durch die Tür. „Guten Morgen", begrüßt er seine Frau. In einer Hand hält er vier Eier. „Guten Morgen mein Schatz", bemerkt sie freundlich. Sie erblickt die Eier und nimmt ihm diese sogleich aus der Hand. Der Bote erkundigt sich interessiert: „Wie lange bewirtschaften Sie eigentlich schon den Hof?" Harry holt eine emaillierte Kanne aus dem Geschirrschrank und füllt etwas Kaffee aus einer schwarzen Dose hinein. Gegenüber dem Sideboard steht ein gusseiserner Herd. Hinter einer leicht geöffneten Klappe sieht man ein Feuer lodern. Aus einem Eimer, der neben dem Herd steht füllt er etwas Wasser in die Kanne und stellt diese auf die heiße Kochfläche. Dann setzt sich Harry an den Tisch und beantwortet leicht nachdenklich die Frage des Boten: „Das müssten mittlerweile vier Jahre sein. Es war, ja '62. Im Winter '62 haben wir den Hof übernommen." Der Bote setzt sich zu ihm an den Tisch und ergänzt: „Seit zehn Jahren arbeite ich nun schon bei der Post und reite seitdem immer auf

diesen Wegen entlang. Aber, dass Sie hier bereits vier Jahre diesen Hof haben, hätte ich nicht gedacht. Ich weiß noch, als dieses Haus hier nur ein Überrest der Vorbesitzer war." Harry fragt interessiert nach: „Was geschah mit den Vorbesitzern?" „Verbrannt sind sie. Bei lebendigem Leibe. Ein Augenzeuge meint eine Horde Indianer erkannt zu haben, wie sie das Haus in der Nacht mit Brandpfeilen anzündeten. Diese Wilden sind unberechenbar." Harry stutzt etwas und hakt nach: „Indianer? Hier?" „Ja. Ab und an sehe ich sie." „Ich habe hier noch nie Indianer gesehen." „Sie haben sie noch nicht erzürnt. Bis jetzt beobachten sie Sie nur. Wenn es so bleibt, werden Sie keinen Indianer zu Gesicht bekommen." In der Kanne brodelt das Wasser. Schnell greift Bettina den Henkel und stellt die heiße Kanne auf den Tisch. Harry dankt ihr und erwidert der Aussage des Boten: „Ich hoffe, das wird auch so bleiben."
Nach dem Frühstück macht sich der Postbote auf den Weg nach Statesville. Er winkt den dreien zum Abschied zu und reitet davon.

Einige Wochen später.

Die Sonne scheint. Seit Anfang April ist es deutlich wärmer. Die Bäume und die Sträucher bilden hellgrüne Blätter aus. Die Sonne bringt das junge Grün zum Leuchten. Jeder Winkel ist erfüllt von

Energie. Alles bewegt sich und ist lebhaft. Harry hat seine Kühe heute Morgen auf die offene Weide geführt. Dort bleiben diese nun über den Sommer. Die Hühner picken freudig in der Erde herum und jagen sich gackernd über den Hof. Zwei Schweine liegen faul neben der Scheune im Gras und grunzen ab und zu. Alice läuft mit ausgebreiteten Armen über die weiten Wiesen, die um die Farm herum liegen. Bettina kümmert sich um den sprießenden Weizen. Denn zwischen den grünen Sprösslingen wachsen ebenfalls allerhand Unkräuter. In mühsamer Kleinarbeit zieht sie ein Kraut nach dem anderen samt Wurzel aus dem Boden. Sie legt das Unkraut in einen handgeflechteten Binsenkorb, welcher bereits überquillt. Mit einem rot weiß karierten Kleid, das ihr bis zu den Knöcheln ragt, kniet sie in der recht trockenen Erde. Bettina stützt sich aus der Erde ab, nimmt den Korb hoch und hängt sich diesen an den rechten Unterarm. Mit dem Korb geht sie zu den Schweinen, legt beiden das Unkraut vor die Nase und genüsslich machen sie sich darüber her. Mit dem leeren Korb schlendert Bettina zurück zu dem Feld, als sie von weitem auf einmal ein Pferd erblickt. Es trabt ermattet vor sich hin. Ein Mann sitzt in dem Sattel auf dem Pferd. Er scheint bewusstlos zu sein, da er mit seinem Körper auf dem Hals des Pferdes liegt. Das Tier folgt dem Weg und kommt der Wallice Farm allmählich näher. Bettina stellt den Korb an dem Zaun, welcher das Feld einfasst, ab und geht auf das Pferd zu. „Hoh", ruft sie dem Pferd mit leicht beruhigender Gestik der Hände zu. Sie greift das Pferd an den Zügeln und führt es von dem Weg weg. „Es ist ja alles gut", redet Bettina mit dem Pferd und streichelt dessen Hals. Dann beäugt sie den Reiter und rüttelt ihn am Arm. „Hallo! Geht es Ihnen gut? He! Aufwachen!" Bettina versucht den Mann mit einigen leichteren Ohrfeigen aus seiner Bewusstlosigkeit zu holen. Jedoch geschieht nichts. Sie rüttelt erneut an seinem Arm. Schließlich lässt sie von ihm ab. Plötzlich scheucht er hoch mit einem ohrenbetäubenden Schrei, welcher dem Pferd einen gehörigen Schrecken einjagt. Das Pferd wirft den Mann mit einem Sprung nach hinten ab und galoppiert flüchtend davon. Der Mann kommt mit dem Rücken auf dem Boden auf. Bettina beugt sich zu ihm herunter. „Hallo, geht es Ihnen gut?" Sie bekommt keine Antwort. Der Mann röchelt etwas vor sich hin. Sie beugt sich noch weiter zu ihm herunter. Er flüstert etwas, aber sie versteht ihn nach wie vor nicht. Dann hustet er derartig, dass Bettina Speichel, Schleim und Blut in Gesicht, Augen und Mund spritzen. Sofort spuckt sie ihren Speichel aus und wischt sich das Gesicht mit ihren Händen ab. Dann steht sie auf. Der Mann röchelt nochmals etwas unverständliches und verstummt für immer. Schnell rennt sie zu Harry hinüber. „Harry, du musst mir mal helfen. Ich habe einen Toten gefunden", erzählt sie ihm, während sie wieder und wieder Luft holt. Harry kann kaum fassen, was Bettina ihm gerade erzählt hat. „Wenn das stimmt, müssen wir den Mann begraben. Aber außerhalb des Hofes, sonst könnte man noch denken, wir hätten ihn umgebracht", erklärt Harry. Er lässt die Kühe in Ruhe grasen und schnellt zur Scheune. Er tritt wenig später mit zwei Schaufeln wieder heraus und drückt Bettina eine in die Hand. Gemeinsam heben sie den restlichen Tag über ein circa zwei Meter langes und tiefes Loch aus. Mit Vorsicht lassen sie den Toten in das Grab herunter und bedecken ihn mit Erde. Am frühen Abend sitzen beide ermattet am Tisch, kriegen jedoch kaum einen Bissen des Brotes hinunter. Alice sitzt mit schaukelnden Beinen ebenfalls am Tisch und fragt plötzlich: „Warum habt ihr eigentlich vorhin so ein großes Loch gebuddelt?" Bettina und Harry sehen sich mit erstarrten Augen an. Harry erfindet eben eine kleine Notlüge: „Weißt du mein Schatz, wir - haben - nur nach - äh Wasser gegraben." „Ja,ja. Nach Wasser", pflichtet ihm Bettina eifrig bei. Alice blickt beide etwas ungläubig an. Harry fährt fort: „Ja, weißt du, das Jahr ist bisher sehr trocken gewesen. Und unser Brunnen hat nicht mehr so viel Wasser. Da haben wir überlegt, dass wir nach Wasser graben, waren aber erfolglos." Bettina stimmt ihm nickend zu und meint zu Alice: „Wir müssen dich jetzt auch ins Bett bringen. Es ist nämlich schon sehr sehr spät." Harry stimmt mit ein: „Ja, wirklich sehr spät. Wie schnell doch die Zeit vergeht." Bettina steht auf und bringt Alice in ihr Zimmer. Harry sitzt noch eine Weile nachdenklich am Tisch. Schließlich zieht er unter den Tag einen Schlussstrich und geht ins Bett.

Einen Monat später.

Seit drei Wochen hat es nicht mehr geregnet. Die Sonne ist sehr heiß. An wirkliche Arbeit ist nicht zu denken. Bettina ist dennoch jeden Tag für Stunden auf dem Hof zugange. Sie rupft das Unkraut, bewässert das Feld, holt Wasser für die Spülschüssel im Haus, backt und kocht, macht die Wäsche und näht neue Kleidung für sich, für Harry und für Alice.

Heute brennt die Sonne extrem stark. Bettina kniet erneut in dem Feld und zupft die Unkräuter. Durch die Trockenheit sind bereits Teile des Weizens am vertrocknen. Auch wenn sie jeden Tag mehrere Eimer Wasser an die Wurzeln des Getreides laufen lässt, brennt die Sonne die Vitalität selbst aus den Pflanzen heraus. Der Schweiß perlt über ihr Gesicht und befeuchtet ebenfalls das Ackerland. Erschöpft stemmt sich Bettina hoch und schleicht rüber zum Wohnhaus. Sie setzt sich an den Tisch und bekommt einen Hustenanfall. Seit einigen Wochen begleitet sie bereits dieser unaufhörliche Husten. Harry meint, dass der Husten mit der lang anhaltenden

Trockenheit gekommen sei. Bettina kann seine These weder bestätigen, noch dementieren, jedoch hatte sie zuvor noch nie einen derart heftigen Husten.

Seit fünf Tagen kümmert sie sich alleine um die Farm, da Harry mit Heu, Fleisch und Kleidung nach Statesville aufgebrochen ist, um die Güter dort zu verkaufen.

Als Bettina aufstehen möchte wird ihr plötzlich schwindlig. Vor ihren Augen dreht sich alles. Sie kann sich gerade noch am Tisch festklammern, damit sie nicht stürzt. Dann setzt sie sich wieder hin und stützt den Kopf in ihre Hände.

Kapitel 5

Die Konsequenz des Lebens

Ein paar Tage später kniet Betttina erneut in dem Weizenfeld. Dieses mal rupft sie jedoch keine Unkräuter, sondern einzelne Weizenpflanzen selbst aus der Erde. Die Sonne brennt unaufhörlich auf das Feld und verbrennt unnachgiebig eine Pflanze nach der anderen. Das Gießen, weshalb Bettina mehr als zwanzig Eimer voll mit Wasser aus dem Brunnen neben der Scheune schöpfte, hat den Weizen nicht retten können. Erschöpft setzt sie sich auf ihre Fersen und wischt sich mit dem Handrücken den Schweiß von der Stirn. Ein leichtes Kratzen in ihrem Rachen wandelt sich in einen trockenen Hustenreiz. Keuchend reißen die ausgetrockneten Schleimhäute der Bronchen auf und beginnen zu bluten. Wegen der geschwollenen Atemwege fällt es ihr schwer Luft zu holen. Wieder hustet sie. Diesmal erschrickt sie, weil sie in der staubtrockenen Erde kleine Bluttröpfchen erspäht. Sie steht, sich auf dem Boden abstützend, auf und tritt aus dem Feld, als auf einmal Harry mit einem Pferdewagen auf den Hof fährt. Neben ihm sitzt Alice und ist hoch erfreut ihre Mutter zu sehen. „Mutter! Mutter! Es war unglaublich toll in der Stadt. Vater hat mich sogar etwas verkaufen lassen", sprudelt es aus ihr heraus. Bettina setzt ein, für ihre Verfassung bestmögliches, Lächeln auf und meint mit leicht rauer Stimme: „Das klingt ja toll." Sie hustet leicht. „Geh' doch schon mal rein", spricht sie leicht hustend weiter, dann wird er schlimmer und mündet in einen weiteren Anfall. Sie versucht diesen jedoch so gut es ihr gelingt mit einem vorgehaltenem Arm zu verstecken, während Alice in Richtung des Hauses hüpft. Harry schnellt aus der Tür und lässt Alice hinein gehen. Als er eine schwere Kiste von dem Wagen hievt, ebbt Bettinas Anfall gerade ab. Voller Sorge fragt er: „Wird der Husten nicht besser?" „Er wurde in den letzten Tagen eher noch schlimmer", bekräftigt sie. Harry stellt die Kiste neben der Kutsche ab und erzählt leicht hoffnungsvoll: „Dann war es doch eine gute Idee, dass ich in Statesville einen Arzt aufgesucht habe. Er kennt diesen Husten und kann ihn vielleicht behandeln. Er fragte mich auch, wo wir denn leben. Und er sicherte mir zu, dass er in fünf Tagen vorbeikäme. Und das war vor drei Tagen." Bettinas Augen weiten sich etwas. „Gott sei Dank. Dieser Husten hat bald ein Ende", verkündet sie erfreut und bricht danach in einen Hustenanfall aus. Harry lädt derweilen weitere Güter von der Ladefläche des Pferdewagens. Unter anderen ein Kasten mit allerlei Gewürzen, ein Korb mit Stoffen, eine Kiste mit weißer und brauner Schafswolle und vieles mehr.

Am Abend sitzen alle drei an dem quadratischen Tisch. Um den Erfolg der Reise zu feiern hat Emilia aus mitgebrachtem Wildfleisch ein Gulasch gekocht und aus altem Brot ein Dutzend Knödel geformt. Dampfend stehen die Töpfe mit den Resten auf dem Tisch vor blank geleckten Tellern. Harry erzählte seit dem Essen von den Erlebnissen der beiden. Wie sie zum Beispiel auf den Polizeihauptmeister trafen, der gerade einige Jungs maßregelte, er aber noch genug Zeit hatte, um ihnen den Weg zu dem Markt zu zeigen und ihnen einen schönen Tag zu wünschen, nur um dann mit der Bestrafung der Burschen fortzufahren oder die Begegnung mit dem geizigen Trapper, der für seine Ware aber Wucherpreise nahm. Harry probierte eine Mütze von ihm, welche ihm jedoch etwas zu klein war. Der Trapper meinte, das Leder würde sich noch dehnen, aber als Harry die Mütze aufsetzte, riss sie an allen Nähten auf, woraufhin der Trapper eine hitzige Disskussion begann. Er verlor diese jedoch recht schnell, als andere Standbetreiber Harry beistanden und den Trapper als schlampigen Warenproduzenten bezeichneten. Am Tag darauf stand der Trapper komischerweise nicht mehr auf dem Markt. Nur ein Schild mit den Worten *Stand zu vermieten* vertrat ihn. Direkt am Markt ist ein Hehler ansässig. Harry hatte diesen vergangenes Jahr erstmals getroffen. Er ließ die beiden über die Nächte bei ihm schlafen und ihre Güter bei ihm lagern. Ihm hat Harry auch von

Bettinas schwerem Husten erzählt, woraufhin der Trapper ihm einen Arzt empfahl, der auch ihn wegen eines Hustens behandelt habe.

Während Harry dies alles erzählte, hat Alice ihren Kopf auf den Tisch gelegt und ist eingeschlafen. Er beendet seinen letzten Satz und meint dann: „Ich werde sie wohl in ihr Bett tragen." Er schmunzelt und steht, den Stuhl so leise wie ihm möglich zurückzuschieben, auf. Er nimmt sie auf den Arm und trägt sie in ihr Zimmer. Zugedeckt, sodass nur ihr Kopf zu sehen ist, gibt er ihr einen Kuss auf die Wange und streicht ihr über das Haar. Dann schleicht er sich aus dem Zimmer und schließt leise die Tür. Bettina stellt die Teller aufeinander und bringt diese, samt Besteck zu der Spülschüssel. Als sie die Teller in die Schüsel gestellt hat, kratzt ihr wieder der Hals. Sie versucht, so leise wie möglich zu husten, was ihr jedoch kaum gelingt, bis sie zu einem Taschentuch greift und damit ihren Mund bedeckt. Fünf, sechs mal hustet sie so stark, dass ihr danach die Luft wegbleibt. Als sie in das Taschentuch blickt, ist es dunkelrot vor Blut. Schnell zerknüllt sie es und wirft es in die Emaille Schüssel. Vor lauter Schwindel muss sie sich am Spülschrank aufstützen. „Geht es dir gut", fragt Harry besorgt und fasst sie an den Schultern. Nach Luft schöpfend antwortet sie: „Es - geht schon. Ich werde mich hinlegen." „Wir werden das wieder in den Griff bekommen - glaube mir. Wenn der Arzt kommt, wird alles wieder gut", spricht er hoffnungsvoll und versucht ihr damit Mut zuzusprechen.

Am nächsten Morgen.

Harry ist heute Morgen füher aufgestanden. Er wollte Bettina ein schönes Frühstück bereiten, weshalb er ganz leise aufgestanden ist, Alice zum Spielen nach draußen geschickt hat und bereits ein Stück des gelagerten Hefeteiges zu einem Laib formte. Gerade holt er einen Eimer Wasser aus dem Brunnen. Mit diesem betritt er wieder das Haus und schüttet es in die Spülschüssel. Auf einmal färbt sich das Wasser dunkelrot und die Teller verschwinden in dem gefärbten Wasser. Harry blickt verwundert in die rote Plörre und dann in den Eimer, jedoch ist dieser sauber. Dann erspäht er etwas, für ihn unidentifizierbares, in der Schüssel. Ein zu Teilen rosa gefärbtes Stofftuch taucht an die Oberfläche und entfaltet sich. Mit den Fingerspitzen fischt Harry nach dem Tuch und zieht es aus dem Wasser. Er wringt es aus und richt daran. *Blut - eindeutig Blut,* denkt er und legt das Tuch neben die Schüssel. Anschließend greift er nach den Tellern und dem Besteck und stellt es neben die Emaille Schüssel. Die Schüssel selbst trägt er vorsichtig nach draußen und schüttet das Wasser auf die nun leere Hälfte des Weizenfeldes. Als er das Haus betritt, öffnet sich gerade die Tür zu dem Schlafzimmer und Bettina steht in der Tür. „Was machst du denn da", fragt sie. „Ich mache uns Frühstück", meint Harry. „Das ist ja eine Überraschung", bemerkt sie freudig und spricht leicht hustend weiter: „Du hattest doch immer Schwierigkeiten mit dem Frühstück." Harry lacht: „Nun ja, ich werde es dennoch versuchen." „Dann gehe ich mich waschen, aber ohne Feuer wird dein Brot leider gar nichts werden", erklärt sie, während sie zur Tür schleicht und das Haus verlässt. Harry gießt indes den Rest des Wassers aus dem Eimer in die Schüssel. Danach widmet er sich dem Herd. Aus der großen Klappe auf der Vorderseite holt er eine Schachtel mit Streichhölzern. Er entzündet eines und steckt damit etwas Stroh an, das Bettina gestern bereits in den Ofen legte. Leise knisternd verkohlen die kleinen Grasfasern. Harry zieht unter dem Ofen einen Holzscheit hervor und legt diesen auf das brennende Heu. Allmählich verkohlt dieser, beginnt zu glühen und die Flammen lodern drum herum hell auf. Aus dem Geschirrschrank holt er eine große, schwere, schwarze Pfanne und stellt diese auf die eiserne Platte des Herdes, die sich langsam erwärmt. Bettina zeigte ihm einst, wie sie das Brot schnell und gut bug, also versuchte er nun ihre Schritte zu verfolgen. Als die Pfanne heiß genug ist, greift er sich den Laib und legt ihn in die Pfanne. Dann nimmt er ein großes Holzbrett, welches rechts neben dem Herd lehnt und bedeckt damit die Pfanne.

Einige Minuten später wendet er das Brot und lässt es weiter ausbacken. Schließlich ergreift er mit beiden Händen Pfanne und Brett und dreht, beides festhaltend, um. Das Brot liegt nun auf dem Brett und die Pfanne stellt er wider auf dem Herd ab. Das fertig gebackene Brot lässt er auf dem Tisch noch etwas abkühlen, bevor es aufgeschnitten werden kann. Bettina betritt durch die Tür den Raum. „Mhhh, dieses Brot riecht wirklich gut. Ich kann kaum glauben, dass du das gemacht hast." Harry blickt sie leicht vorwurfsvoll an. Hinter Bettina stürmt Alice in das Haus und setzt sich auf ihren Stuhl am Tisch. Sie streckt ihre Nase über das Brot und atmet den dampfend heißen Geruch ein. „Das riecht sooooo lecker", ruft sie begeistert. Harry setzt sich neben sie an den Tisch und streicht ihr über den Kopf. „Aber nicht die Nase zu tief hineinstecken", appelliert er. Bettina setzt sich ebenfalls an den Tisch. Sie hält ein Messer in der Hand. „Das Brot ist dir gut gelungen", sagt sie bewundernd, während sie den Laib in Scheiben schneidet.

Nach dem Frühstück räumt Harry das Geschirr in die Spülschüssel und wäscht es, zusammen mit dem Geschirr vom gestrigen Abend, ab. Bettina tritt, in ihrem rot weiß karierten Kleid, aus dem Schlafzimmer und geht zur Tür, als Harry fragt: „Was machst du?" Sie hält inne, nimmt ihre Hand von dem Türknauf und antwortet: „Der Weizen ist hin. Ich werde das, was brauchbar ist ernten und den

Rest entsorgen müssen. Die Sonne verdorrt die Pflanzen so schnell - ich komme mit dem Gießen nicht hinterher." Sie hustet leicht in ihre Armbeuge. „Das ist nicht gut. Dann muss ich doch noch Weizen kaufen." Erschöpft und leicht gereizt von dem Husten meint Bettina: „Wie auch immer. Dieses Jahr ist eine einzige Schinderei!" Harry, der gerade mit dem letzten Teller fertig ist, dreht sich um, da ist Bettina bereits nach draußen verschwunden. Die zufallende Tür ist das einzige, was er noch sieht. Die abgetrockneten Teller stellt er in den Schrank. Anschließend verlässt er ebenfalls das Haus. Den Tag verbringt er in der Scheune. Er mistet den Hühnerstall aus, säubert die Schlafplätze der Schweine und füllt Futter- und Wassertröge auf.

Bettina hockt und kniet derweilen im Weizenfeld und rupft eine vertrocknete Pflanze nach der anderen aus dem staubigen Acker. Bei jeder überprüft sie, ob sich die Ähren weit genug ausgebildet haben und legt diese dann entweder in den Binsenkorb oder auf einen Haufen im Acker. Durch stetig blutiger werdende Hustenanfälle muss sie ihre Arbeit immer wieder unterbrechen. Ihre Augen tränen so stark, dass sie mittlerweile rot unterlaufen sind. Ihre Haut wird blasser und ihr ist fröstelig, wobei die Sonne seit Stunden sehr heiß und unbarmherzig auf die Erde nieder scheint.

Am Abend sitzt sie ermattet und paralysiert am Tisch. Harry ist ebenfalls erschöpft und schlürft langsam aber stetig eine wässrige Suppe die Kehle hinunter. Als Bettina auf einmal aufsteht und in das Schlafzimmer verschwindet, wünscht Harry ihr eine gute Nacht, erhält jedoch keine Antwort. Nur die Tür knallt hinter ihr zu. Etwas erschrocken von dem Knall fragt Alice ihren Vater: „Warum ist Mama einfach so aufgestanden, obwohl sie noch nicht aufgegessen hat? Ich darf nie aufstehen, ohne vorher aufzuessen!" Harry blickt kurz in Richtung der Tür und meint dann beschwichtigend: „Weißt du, die Mama hat heute sehr viel gearbeitet und ist deswegen sehr, sehr müde. Ich glaube, dass wir da eine Ausnahme machen können." Er zwinkert ihr zu und sagt verspielt: „Aber die kleine Alice hat ja alles aufgegessen! Wo ist denn das ganze Essen nur hin verschwunden?" Sie deutet lächelnd auf ihren Bauch. „Das kann ja gar nicht sein. Der ist doch viel zu klein für so einen großen Teller Suppe", witzelt er weiter. Er greift Alice und hebt sie hoch in die Luft. „Somit ist der Ballon bereit zum Abheben! Er rennt mit ihr in den Händen durch den Raum und hinein in ihr Zimmer. „Bereit machen für die Landung", ruft er ansagend und setzt sie auf ihrem Bett ab. Dann zieht er ihr einen Schlafanzug an und deckt sie zu. „Gute Nacht mein Engel", flüstert er und gibt ihr einen Kuss auf die Stirn. „Gute Nacht Vater", sagt sie gähnend und schläft ein. Auf leisen Sohlen verlässt er das Zimmer, räumt das Essgeschirr zusammen und deckt den Suppentopf ab, ehe er sich schlafen legt.

Am nächsten Morgen bereitet Harry eneut das Frühstück zu. Er hat bereits das übrig gebliebene Brot von gestern aufgeschnitten und auf den Tisch gestellt. Gerade fischt er in den Nestern der Hühner nach ein paar Eiern. Ein Huhn pickt ihm jedoch ständig in die Hand und gackert wild herum. Mit zügigen Handgriffen gelingt es ihm dennoch fünf Eier zu erhaschen. Als er gerade aus der Scheune tritt reitet ein Mann auf den Hof und bleibt vor dem Bauernhaus stehen. Er steigt ab und greift nach einer hinter dem Sattel sitzenden Tasche. Harry schreitet mit langen Schritten auf den Herrn zu. Von nahem erkennt er ihn wieder. „Doktor Webber", grüßt Harry freundlich. „Ah, Mr. Wallice", grüßt ihn der Arzt. Er hat eine tiefe und raue aber freundlich klingende Stimme. „Ohne Ihren Kittel habe ich Sie jetzt nicht ohne weiteres erkannt." Dr. Webber, der in seiner Praxis immer einen weißen Kittel trägt, ist Heute in einen einfachen, grauen, aus Leinen gewebten Anzug gekleidet. Er bemerkt: „Diesen Anzug habe ich extra für Hausbesuche anfertigen lassen." „Es ist ein sehr schöner Anzug", erklärt Harry. Dr. Webber schaut kurz an sich herunter. Er sieht sich um und bemerkt: „Sehr schön haben Sie es hier. Ich muss sagen, es gefällt mir in Natura sogar noch mehr. Also, wollen wir?" „Ja, bitte folgen Sie mir." Harry führt Dr. Webber ins Haus während dieser eine erste Anamnese erfragt: „Und wie geht es. Ihrer Bettina?"

„Naja, der Husten hat sich nicht verbessert." „Wie lange hat sie den Husten nun bereits?" „Naja, drei Wochen werden es schon sein." „Ok. Das ist eigentlich ungewöhnlich für einen Husten. Sind denn noch weitere Symptome hinzugekommen?" „Naja, in der letzten Woche war sie schlapper als sonst. Aber das liegt vielleicht auch an der Hitze." „Hat sie bereits eine Arznei gegen den Husten genommen?" „Ich wüsste nicht." Harry und Dr. Webber stehen jetzt vor der Schlafzimmertür. Harry dreht an dem metallenen Türknauf und öffnet leise die Tür. Dr. Webber tritt in das Zimmer und setzt sich an die Bettkante. Bettina liegt im Bett und schläft. Ihr Gesicht ist bleich und farblos. Sie atmet schwer. Dr. Webber stellt seine Ledertasche auf den Boden, neben das Bett. „Mrs. Wallice? Mrs. Wallice!" Sie öffnet die Augen. Sie sind rot unterlaufen. Bettina schreckt etwas zurück, als sie den fremden Mann an ihrem Bett erblickt. Schnell versucht er sie zu beruhigen: „Mrs. Wallice. Mein Name ist Dr. Webber. Ich bin Arzt und ihr Mann…", er deutet auf Harry, der mit besorgten Augen in der Tür steht: „Ihr Mann hat mich gebeten vorbeizukommen." Sie erinnert sich und entspannt sich. „Würden Sie sich bitte aufsetzen", bittet Dr. Webber ruhig. Mit viel Mühe schält sie sich aus der Decke und setzt sich neben Dr. Webber hin. Ihre Arme und ihre Beine sind kreidebleich. Harry sieht sie besorgt an. „Wenn sie sich kurz mal frei machen würden, ich muss ihre Lunge abhorchen." Leicht zitternd hebt sie ihr Nachtkleid. Dr. Webber öffnet seine Tasche und greift nach einem Höhrrohr. Er stellt dieses auf Bettinas Rücken und sagt: „Bitte jetzt tief ein- und ausatmen." Nur mit viel Kraft gelingt es ihr dem Folge zu leisten. Sie muss darauf folgend schwer husten, wodurch sie beinahe sitzend zusammenbricht. Dr. Webber versetzt das Höhrrohr: „Bitte noch einmal." Sie atmet keuchend ein und aus. Er hört und schüttelt leicht mit dem Kopf. Danach tastet er ihren Hals ab. Mit seiner Hand fasst er an ihre Stirn. „Sie haben sehr hohes Fieber", stellt er fest. Schließlich holt er aus seiner Tasche ein Tuch und bedeckt sich damit Mund und Nase. „Ich möchte mir gerne noch den Rachen ansehen. Könnten Sie bitte den Mund öffnen?" Er sieht sich den Mund- und Rachenraum genau an. „Danke." Dr. Webber packt seine Tasche zusammen und nimmt Bettinas Hand. „Es tut mir sehr, sehr leid für Sie. Für Sie für Ihren Mann und ihre reizende Tochter. Aber sie haben Tuberkulose. Ich kann da leider gar nichts mehr für Sie tun." Harry verlässt das Zimmer und setzt sich an den Tisch. Bettina legt sich hin. Ihre roten Augen werden glasig und feucht. Dr. Webber lässt ihre Hand los und verlässt das Zimmer. Er setzt sich zu Harry an den Tisch. Harry schluchzt. Einzelne Tränen rinnen seine Wangen hinunter. Wimmernd fragt er Dr. Webber: „Wie - wie la..ange hat sie d..denn noch..ch?" Er überlegt einen Moment und antwortet neutral: „In diesem Stadium bestmöglich ein Tag bis einige Stunden." Harry schließt, die Nachricht realisierend, seine Augen. „Was mache ich mit Alice. Wie kann sie verstehen, dass ihre Mutter stirbt?" Dr. Webber meint ruhig: „Lassen Sie sie es miterleben. Lassen Sie Alice diesen Moment nicht verpassen. So kann sie den Verlust besser verarbeiten. Der Tod gehört zu unserem Dasein dazu, wie die Geburt. Dieser Moment wird entscheidend in ihrer Entwicklung als Mensch sein. Und der Mensch wird geboren, er lebt und er stirbt zuletzt. Das ist die Wahrheit - lassen Sie sie daran teilhaben." Harry, der diese Botschaft wie ein Schwamm aufgesogen hat, steht auf und geht in Alice's Zimmer. Er setzt sich an die Kante ihres Bettes. Alice ist bereits wach und spielt mit einem Teddybären. Harry muss sich richtig zusammenreißen, um richtig sprechen zu können. „Hallo mein Schatz." „Hallo Vater." „Na, spielst du mit deinem Teddy?" Ihm laufen jetzt doch Tränen über die Wange. „Vater, deine Augen laufen aus", sagt Alice. Er muss daraufhin schluchzend lachen. „Ja, meine Augen. Immer diese Augen. Weißt du, deine Mutter - sie ist schwer, sehr sehr schwer erkrankt. Und sie hat jetzt nicht mehr lange, bevor - sie uns verlässt." Alice lässt ihren Teddy Harry's Arm umarmen und meint: „Wo geht Mama denn hin?" „Nach da oben. Du weißt doch. Sie geht dort hin, wo Gott ist." „Mama geht in den Himmel?" „Ja,

Mama geht in den Himmel. Mama wird von uns gehen. Sie stirbt." Er fängt an zu weinen, nimmt Alice aus ihrem Bett und schließt sie in seine Arme. Dr. Webber stellt sich in die Tür und winkt Alice zu. „Dr. Webber", bemerkt sie erfreut. „Na meine kleine Alice. Wie geht es dir?" „Mir geht es gut. Wie geht es Ihnen Dr. Webber?" „Oh, mir geht es auch gut", antwortet er. Harry dreht sich um und geht zur Tür. „Na gut mein Schatz. Wollen wir zu Mama gehen?" „Ja, zu Mama." Gemeinsam mit Dr. Webber betreten sie das Schlafzimmer, in dem Bettina liegt. Harry setzt Alice auf die Bettkante. Dr. Webber hat bereits zwei Stühle von dem Tisch in das Zimmer gestellt. Er und Harry setzen sich. Bettina atmet nur noch sehr langsam. Zwischen den Atemzügen legen ein bis zwei Minuten. Alice sieht sich den Kopf ihrer Mutter ganz genau an. Bleich, leicht grau ist die Haut. Der Mund ist leicht geöffnet. Die tief blauen Lippen verleihen ihr einen kalten Ausdruck. Mit Daumen und Zeigefinger packt Alice vorsichtig an die Nase ihrer Muter. Nichts geschieht. Doch dann hebt sich die Brust ganz leicht. Langsam öffnet sie die roten Augen, jedoch nur einen Spalt weit. Leise und keuchend fließt die Luft durch den schmalen Mund heraus und ohne eine sichtbare Bewegung flüstert sie: „Alice. Mein Schatz. Du bist ein Engel. Das schönste, was ich je sah." Sie schließt ihre Augen. Langsam hebt sich die Brust erneut. Dann öffnet sie ihre Augen und dreht ihren Kopf leicht zu

Harry und flüstert keuchend: „Harry. Bedaure mich nicht. Ich werde immer bei dir sein." Dann wendet sie sich erneut zu Alice: „Mein Engel. Sei nicht traurig. Ich weiß, der Verlust schmerzt. Lass ihn zu und mach ihn zu deiner Stärke." Sie streicht Alice über die Wange. Eine Träne rollt diese hinunter und tropft auf Bettinas Hand. Ihr Kopf legt sich in das Kissen und ihre Augen öffnen sich etwas weiter. Ihr Mund schließt sich und ihre Brust legt sich. Bettinas rote Augen verlieren den Fokus zu Alice's Gesicht, ihr Ausdruck wird fahl und die Augen glasig. Stille kehrt ein. Eine Minute ist nichts zu hören. Alle drei sind katatonisch, bis Dr. Webber vorsichtig ihren Arm greift, um ihren Puls zu fühlen. Eine halbe Minute fühlt er am Handgelenk. Dann schüttelt er leicht den Kopf. Harry bricht daraufhin in Tränen aus. Alice laufen einzelne Tränen über die Wange. Sie steht, ihre Mutter beobachtend, still und starr da. Dr. Webber legt seine Hand auf die Schulter von Harry. Dieser sitzt, den Kopf in die Hände versunken, auf dem Stuhl. Tränenwasser tritt mittlerweile zwischen seinen Fingern hervor. Dann hebt er seinen Kopf. Sein Gesicht ist rötlich gefärbt. Er blickt zu Bettinas Körper. Sie liegt regungslos da und schaut ins Nichts. Dr. Webber bringt Alice und Harry schließlich aus dem Raum und schließt die Augen von Bettina, damit sie nicht in die Leere starren. Er stellt Harry noch am selben Tag den Totenschein aus.

Kapitel 6

Sag' mir, wo die Heimat ist

Dr. Webber blieb noch zwei Tage bei Harry. Er half ihm eine Holzkiste zu bauen und ein Grab auszuheben. Harry hat ein Grabkreuz gefertigt und Alice sammelte in den umliegenden Wiesen allerlei Blumen für vier große Sträuße. Nach der kleinen Trauerfeier ist Dr. Webber abgereist, hatte Harry zuvor jedoch noch seine uneingeschränkte Hilfe in Notfällen angeboten.

Eine Woche später.

Harry hat begonnen, alte Habseligkeiten von Bettina zu durchsuchen und ist nun dabei, mit Alice darüber zu entscheiden, ob sie einzelne Objekte entsorgen oder aufheben wollen. Zwischen einigen Büchern fällt Harry ein zusammengefaltetes Blatt Papier auf. Er zieht das Pergament heraus und entfaltet dieses. Es ist ein Brief. Die Handschrift erkennt er sofort. Es handelt sich dabei um die seines Vaters. Harry dachte, er hätte den Brief entsorgt, aber Bettina muss diesen, ohne seine Kenntnis, aus der Tonne mit Hausabfällen gezogen haben. Er überfliegt den Brief flüchtig und legt diesen anschließend auf den Stapel mit den Gegenständen, die er aufheben möchte. Mehrmals täglich besucht er Bettinas Grab. Dann setzt er sich in das Gras und erzählt ihr, was bisher geschah und was er noch zu erledigen hat. Jedoch gelingt es ihm nicht, nicht zu weinen. Jedes mal - morgens, mittags, abends - jedes mal stellt er alles in Frage. *Gibt es einen Gott? Warum sie, warum Bettina? Warum nicht ich an ihrer Stelle? Was hat das Leben für einen Sinn?* Und er kommt immer zu dem einen Schluss - *Gott ist ein grausames und eingebildetes Wesen! Er sieht gerne zu, wie wir leiden!* Etwas später revidiert Harry seine Aussagen schließlich wieder und entschuldigt sich daraufhin demütigst. Er versucht für Alice da zu sein. Und er weiß, er wird Bettina unmöglich ersetzen können.

Durch die Erziehung von Alice gelingt es ihm nicht, den Hof ertragbringend weiterzuführen. Weizen kann er ohnehin nicht in ausreichender Menge ernten, als dass sich ein Verkauf lohnen würde. Jeden Tag muss er an den Brief seines Vaters denken. Die letzten Zeilen gehen ihm nicht mehr aus dem Kopf.

Ich hoffe du weißt, dass du immer bei mir willkommen bist. Egal wann, egal in welcher Situation. Innig hoffe ich auf ein baldiges Wiedersehen.

Am nächsten Morgen tritt er aus seinem Haus. Die aufgehende Sonne steht, ihn blendend, am Horizont. Er kneift seine Augen zusammen und versucht die Sonne mit seinen Händen zu verdecken, da ihm die Silhouette einer Person auffällt, die im Weizenfeld steht. Die Sonne hüllt diese jedoch in ein Mysterium. Harry geht auf das Weizenfeld zu. Als er näher kommt hebt sich der Schleier. Bettina steht, ihm zugewandt, in dem Feld. Mit engelsgleicher Stimme haucht es aus ihrem Mund: „Harry! Harry!" Er steigt, wie hypnotisiert über den Zaun, welcher das Feld begrenzt und schreitet langsam auf sie zu. Die Sonne steht hinter Bettinas Kopf und lässt ihr Haar gülden leuchten. Ein Gewand, wie aus transparentem Saphirkristall liegt funkelt über ihrer Haut und lässt ihre Erscheinung strahlen. „Bettina?

Bist du es?", fragt er begierig. Er streckt seine Hände in ihre Richtung. Auch sie hebt majestätisch ihren rechten Arm und streckt Harry ihre Hand entgegen. „Komm zu mir. Harry, oh mein Harry." Harry laufen die Tränen über das Gesicht. „Ich, ich kann nicht mehr. Ich will nicht mehr ohne dich sein", klagt Harry schluchzend. „Alice braucht dich. Alice braucht ihren Vater." Die Stimme hat etwas leicht melodisches an sich. Wie Harmonien, die in Perfektion zusammengefügt werden.

Als Harry gerade ihren Finger berühren könnte ist das Leuchten mit einem mal weg. Seine Hand greift in die Leere. Niemand steht dort. Nur die Sonne blendet ihn. Sich die Tränen aus dem Gesicht wischend betritt er wieder das Haus. Alice sitzt am Tisch und sieht sich begeistert die mit Tieren bemalten Karten an. Als Harry durch die Tür tritt blickt sie ihm in die Augen. Noch immer weint er. „Warum weinst du, Vater", fragt sie aufrichtig. Er lächelt weinend und setzt sich zu ihr an den Tisch. „Ach - weißt du, ich vermisse deine Mutter einfach nur so sehr." Er seufzt und schluchzt etwas. Alice sieht wieder auf ihre Karten und meint etwas traurig, aber mit sicherer Stimme: „Ich vermisse Mama auch." Harry lacht etwas. Eine große Träne tritt aus seinem Auge, perlt über die Wange und tropft auf den Tisch. Er streicht Alice über den Kopf. „Es ist nur so - egal wo ich hingehe oder hinsehe - überall sehe ich sie. Und das macht mich einfach nur sehr traurig." In diesem Moment trifft es ihn wie ein Blitz - ein Geistesblitz. *Ich hoffe du weißt, dass du immer bei mir willkommen bist. Egal wann, egal in welcher Situation.* „Pack' deine Sachen. Alles, was dir am wichtigsten ist", meint Harry. Alice blickt ihren Vater verwundert an. „Na los", drängt er. „Wir reisen noch heute ab." „Wohin reisen wir denn? Machen wir einen Urlaub", fragt sie neugierig. „Ja - ja! Einen Urlaub - genau." Harry greift sich allerlei Beutel und Körbe und sucht verschiedenste Habseligkeiten zusammen. Anschließend fährt er den Pferdewagen vor das Haus und belädt diese mit den Körben. Gemeinsam mit Alice fängt er drei Hühner und lagert diese, in hölzernen Transportkörben, ebenfalls auf dem Pferdewagen. Die restlichen Tiere darunter die zehn Kühe, zwei Schweine und vier weitere Hühner entlässt er in die Freiheit. Am frühen Abend ist das Haus beinahe leer geräumt. Das Geschirr, die Töpfe und Pfannen, die Kleidung, die Stoffe und Bettinas Hab und Gut sind auf den Wagen geladen. Ebenfalls hat Harry zwei lederne Schlafmatten und eine große Kanne Milch auf dem Wagen verstaut. Alice hat es sich mit einer Decke bereits auf dem Kutschersitz gemütlich gemacht. Eines der Hühner gackert noch immer leise vor sich hin, während die anderen beiden eingeschlafen sind. Harry tritt mit zwei weiteren Körben aus dem Haus und stellt diese ganz hinten auf die Ladefläche des Wagens, ehe er alles mit einem großen Leinentuch abdeckt. Dann steigt er auf den Kutschersitz und verkündet: „Jetzt können wir uns auf den Weg machen." Er nimmt die Zügel in die Hand und gibt den Pferden die Order zur Abreise. „Sieh dich ruhig nochmal nach dem Hof um, Alice. Das ist vielleicht das letzte Mal, dass du deine Heimat so sehen wirst." Etwas sehnsüchtig blickt Alice noch ein letztes Mal auf den Hof, ehe sie sich an ihren Vater kuschelt und meint: „Meine Heimat ist da, wo ich mich wohl fühle. Und ich fühle mich hier bei dir sehr wohl." Harry lächelt und fährt auf den Weg. Entlang der untergehenden Sonne fahren sie in Richtung Statesville - auf der Suche nach einer neuen Heimat.

Redwood Forest - circa eine Woche später.

25. Mai 1866

Gestern sind die ersten Häuser in unserem kleinen Dorf 'Redwood' bezugsfertig geworden. Herr Mendel hat eine erstaunlich interessante Führung durch die von ihm renovierten Wohnräume geleitet. Er selbst hat sich das Haus an der Ecke oberhalb der Wegmündung zur Werkstatt umgerüstet. Es ist erstaunlich, wie viel dieser kleine Mann in derart kurzer Zeit erreicht hat.

Mein Vater bestellt seit einigen Tagen die Felder, die rund um das Anwesen entstanden sind, obwohl ihm das nötige Wissen über die Pflanzen und ihre Pflege fehlt. Einen Bauern konnten wir jedoch bis jetzt noch nicht verpflichten für uns zu arbeiten. Entweder war es den Bauern zu viel Arbeit oder zu weit von einer größeren Stadt entfernt. Nun ja, Heute ziehen die ersten Arbeiter in die neuen Wohnungen des Dorfes ein.

Hamish sitzt in seinem Rollstuhl vor dem Haus und versucht einigen Arbeitern auf dem Feld per Handzeichen Anweisungen zu geben sich zu bewegen. „Weiter! Ja weiter", ruft er ihnen zu und winkt in ihre Richtung. Die Arbeiter halten Säcke mit Samen in den Händen. Jakob kommt gerade aus dem Haus und stellt sich neben seinen Vater. „Und? Kommst du voran?" „Langsamer, als ich es gerne würde", meint Hamish leicht genervt und winkt den Arbeitern mit einer ausufernden Geste ab. Diese lassen ihre Säcke daraufhin zu Boden sinken und verlassen ihre Positionen. „Ich kann mich noch nicht auf die richtige Größe der Felder festlegen. Was, wenn ich einen Fehler mache und die Ernte darunter leidet?" „Lass uns einen Plan auf dem Papier anfertigen. Das wird es leichter machen", schlägt Jakob vor. Er klopft seinem Vater auf die Schulter und tritt um das Anwesen herum. Hamish lässt seinen Blick mit Ruhe erneut über das Feld schweifen. Als sein Blick die Zufahrtsstraße der

Villa kreuzt hält er inne. Ein Pferdewagen fährt schnurstracks auf das Anwesen zu. Als der Wagen näher kommt erkennt er den Kutscher. Hamish rollt an den Rand der Straße. Die Kutsche kommt neben ihm zum stehen. „Harry! Mein Sohn", bricht es freudig aus ihm heraus. Harry steigt von der Kutsche. „Harry. Was bringt dich her?" Harry beugt sich zu Hamish herunter und schließt ihn in seine Arme. Hamish kann es kaum glauben und legt seine Arme auf den Rücken seines Sohnes. „Harry. Es ist eine Freude dich zu sehen. Aber wo ist denn Bettina?" Harry's Augen werden leicht feucht. Hamish blickt in seines Sohnes Augen und versteht sofort. „Oh nein. Es tut mir so wahnsinnig leid. Für dich und für Alice. Wie ist sie denn?" Harry fasst sich und antwortet dennoch mit emotionaler und leicht wackliger Stimme: „Tuberkulose. Relativ plötzlich." „Das ist sehr schade. Bettina war eine ganz reizende Frau." Harry seufzt und meint: „Nach ihrem - ich konnte nicht - sie - egal wo - ich habe nur sie gesehen." Hamish versteht und meint: „Das muss schrecklich sein. Kommt ihr beiden erstmal an. Ein Zimmer wird für euch vorbereitet werden. Ruht euch aus, esst etwas und kommt in Ruhe an." „Danke, Vater", schluchzt Harry und umarmt seinen Vater erneut. Dann setzt er sich auf den Wagen und fährt diesen neben das Haus. Gemeinsam mit Alice verschwindet er in der Vordertür. Emilia sitzt im Salon und hört nur die Tür gehen. „Jakob", fragt sie. Harry setzt seinen Fuß auf die Schwelle zum Salon und meint: „Nein, Harry." Emilia springt erfreut auf. „Ach wie schön dich mal wieder zu sehen. Wie geht es dir?" Alice umklammert Harry's Beine und schaut leicht verschüchtert zu Emilia hinauf. „Ich trauere noch sehr um meine Frau." Emilias Gesicht versteinert, wobei ihre Augen sehr vertrauensvoll glänzen. Sie tritt zu Harry und umfäßt ihn. „Das tut mir sehr leid. Es ist furchtbar seinen liebsten Menschen zu verlieren. Wie geht es denn Alice?" Sie lässt von Harry ab und geht einen Schritt zurück. Harry legt seine Hände sanft auf Alice's Kopf und erklärt: „Sie ist sehr stark - weint kaum. Aber sie vermisst ihre Mutter sehr." Emilia nickt Alice zu. Es ist ein Nicken, so wie man es oft von Erwachsenen erhalten hat, wenn man etwas schlimmes erlebt hat, dieses Erlebte jedoch nicht gänzlich verstehen konnte. „Hamish sagte, wir könnten uns in einem Zimmer etwas hinlegen - uns ausruhen", erkundigt sich Harry. Emilia bestätigt und führt die beiden in das Obergeschoss. Sie führt sie in ein hergerichtetes Zimmer. Darin stehen ein Ehe- und ein Kinderbett. „Das Badezimmer ist direkt rechts nebenan", erklärt Emilia. „Dankeschön", sagt Harry. Alice hat sich bereits auf die eine Seite des Ehebettes gelegt und ist eingeschlafen. „Ruht euch aus. Macht euch frisch. Heute Abend gibt es eine Köstlichkeit aus unserem wunderschönen Wald." Sie umarmt ihn kurz und

verlässt anschließend den Raum.
Am Abend sitzen Harry und Alice gemeinsam mit Hamish, Jakob, Emilia und Hamish gemeinsam im Speisezimmer. Die Küche bereitete für den Abend ein Ragout mit Prinzessinnen Kroketten und einer Steinpilz-Rahm Sauce zu. Als Beilage wurde ein Rote Beete Salat mit Walnüssen und einem leichten Zitrusdressing gereicht. Harry erzählte allen, wie Bettina verstarb. Der heutige Abend sollte einer der ruhigsten werden. Ein Abend des zuhörens. Ein Abend im Gedenken an Bettina Wallice.

Einige Wochen später.

In den vergangenen Tagen regnete es viel. Die Dürre ist vorerst überstanden. In den letzten Wochen sind Harry und Alice mehr und mehr in Redwood angekommen. Harry wächst mit seinem Vater erneut fester zusammen. Auch wenn er Hamish nicht alles vergeben kann, fasst er neues Vertrauen. Dieses Vertrauen bewahrend nähert sich Emilia ihm nur langsam an. Sie beobachtet Harry und Hamish gerne dabei, wenn sie beisammen sind und über das Anwesen und die Felderbewirtschaftung sprechen. Auch sitzen sie manchmal abends vor dem Haus und betrachten den Sonnenuntergang. Hamish hatte Harry angeboten die Wirtschaft der Felder zu übernehmen. Sogleich hat er mit der Arbeit begonnen. Harry begutachtete die Arbeiter, das

Saatgut und die Qualität des Erdbodens. Mit einem Pferd ritt er über die Felder und leitete die Aussaat von Getreide, Baumwolle und Mais. Nun, drei Wochen später sprießen bereits die ersten Keimlinge aus dem Boden. Die Felder sind nun nicht mehr braun sondern leuchten hellgrün und gelblich im wärmenden Schein der Sonne.

Alice und zwei Kinder von einer Arbeiterfamilie bilden die erste Klasse einer Schule, die Emilia aufgebaut hat.

Nach langer Zeit des Wartens fuhren plötzlich mehrere Wagen mit Baumaterial in das kleine Örtchen. Sie überreichten Hamish einen amtlichen Brief. Darin wurde der Ausbau der Bahntrasse nach Redwood offiziell bestätigt und soll in den kommenden Tagen und Wochen von beiden Seiten anlaufen.

Nach so vielen Jahren ist Harry endlich in seiner Heimat angekommen. Heimat kann ein Ort sein. Heimat ist jedoch auch ein Gefühl. Heimat sind die Menschen, die man liebt.

Epilog

Zehn Wagen westwärts

Zehn Jahre später.

Redwood ist in den letzten Jahren weiter gewachsen. Schreiner Mendel hat sich inzwischen zur Ruhe gesetzt und seinem Gesellen die Werkstatt überlassen. Im vergangenen Jahr hat dieser schließlich mit dem Bau eines Hofes für Tiere und Pferde begonnen.
Die Sonne ist an diesem milden Frühlingstag kaum über den Horizont gestiegen, als aus der Ferne die Pfeife des morgendlichen Zuges zu hören ist. Dieser Zug ist der Wecker für die Bewohner von Redwood aufzustehen und ihrem Tagwerk nachzugehen. Nur zwei Menschen sind bereits früher wach. Der Sheriff und der Mitarbeiter der Roßwell Bahngesellschaft. Der Sheriff, ein betagter Mann mit weißen Haaren und einem langen, leicht zerzausten Bart, sitzt mit einer Kerze neben sich am Schreibtisch und erwartet die Probleme des Tages. Richtige Verbrechen gibt es in Redwood nicht. Mal verschwindet ein Schuh, der dann doch nur von einem Hund einige Meter

verschleppt worden ist. Einmal verschwand der Schmuck einer älteren Dame. Wie sich herausstellte, stahl ihn eine Elster. Sie flog durch ein offenes Fenster in die Wohnung der Dame und entwendete Ring für Ring und Kette für Kette. Später fand man den Schmuck auf dem Dach der ehemaligen Kapelle, die zur Schule umgebaut worden war.

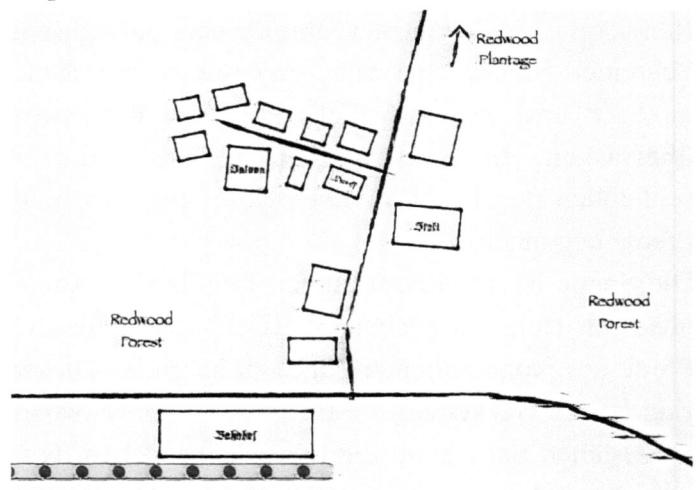

Nun, am heutigen Morgen wundert sich der Sheriff schon sehr. Denn eine Karawane von zehn Planwagen steht seit letzter Nacht vor dem Sheriffbüro. Nachdem der Zug in Redwood hält, tritt der Hilfssheriff durch die Tür in das Büro. Auf seiner goldenen Marke steht *Dennis Brady, Redwood County*. „Guten Morgen Chef", grüßt er den alten

Sheriff. Seine helle Stimme belebt die Atmosphäre in dem Raum. Der alte Mann wacht jetzt erst richtig auf und meint mit rauer Stimme: „Einen feinen Morgen auch für Sie Brady. Wissen Sie vielleicht etwas über diese Wagen dort?" Dennis Brady sieht sich um und erklärt: „Ja. Das sind die Wagen der Karawane der Siedler. Sie und auch ich - wir werden heute noch abreisen - weiter nach Westen." Der alte schaut ihn verdutzt an. „Sie? Eine Reise nach da draußen? Das ist Indianer Territorium, das wissen Sie hoffentlich." „Ja, darüber sind wir uns im Klaren. Aber ich glaube, dass wir uns mit ihnen arrangieren können, wenn wir deren Grenzen achten." Der alte Sheriff ist sichtlich unzufrieden. „Ich weiß ja nicht. Nach all meinen Jahren als Sheriff hatte ich schon einige Begegnungen mit denen. Ich sage Ihnen was - die sind nicht tolerant." „Selbst wenn es so sein sollte, werden wir eine Lösung finden und verhandeln. So oder so ist heute mein letzter Vormittag als Ihr Hilfssheriff. Ich wollte noch eben den Lohn für die halbe Woche abholen." „Kommen Sie später wieder, dann kriegen Sie ihr Geld." Der alte Sheriff steht mit Mühe auf und verlässt ohne ein Wort das Büro. Draußen geht er die Straße hinunter und steckt sich eine Zigarette an.

Etwas später versammeln sich einige Menschen um die einzelnen Wägen herum. Auf dem ersten Wagen klettert ein junges Mädchen herum. Dennis Brady tritt aus dem Büro, hin zu dem ersten Wagen. „Hallo?" Das Mädchen streckt ihren Kopf aus dem überdachten Teil des Wagens und erstrahlt. „Dennis", ruft sie erfreut und springt ihm in die Arme. „Holly. Guten Morgen." Er setzt sie wieder auf den Kutschersitz. „Und? Bereit?" „Und wie! Ich wollte schon immer fremdes Land sehen. Wann geht's los?" „Schon bald. Ich werde nur noch nach den anderen sehen und dann können wir in das unentdeckte Land reisen." Er geht um den Wagen herum und sieht sich dabei die Räder an. Mit einem leichten Stoß seines Fußes prüft er, ob die Räder auch fest sitzen. So fährt er fort. Jeder Wagen wird nochmals überprüft. Nebenbei begrüßt er alle Reisenden und schwört sie auf eine lange und turbulente Reise ein. Nachdem er jeden Wagen überprüft hat, holt er seinen Lohn von dem alten Sheriff. Dieser scheint überrascht, obwohl Dennis Brady ihn bereits vor Wochen über seine Pläne informierte. Wahrscheinlich dachte er, es würde bei der Planung bleiben und an der Umsetzung scheitern. Dennis Brady setzt sich auf den Kutschersitz und gibt ein lautes Signal. Holly sitzt aufgeregt und ungeduldig neben ihm. Dann hält er kurz inne und hält ihr die Zügel hin. „Hier, Fahre uns aus Redwood heraus." Holly's Augen beginnen zu leuchten und sie greift nach den Zügeln. „Los", ruft sie und schlägt die Zügel an. Mit einem Ruck setzt der Wagen sich in Bewegung. Nach und nach rollen alle Wagen aus dem Weg auf die Waldstraße und verlassen Redwood in Richtung der offenen und weiten Prärie.

Illustrationen & Kartenmaterial

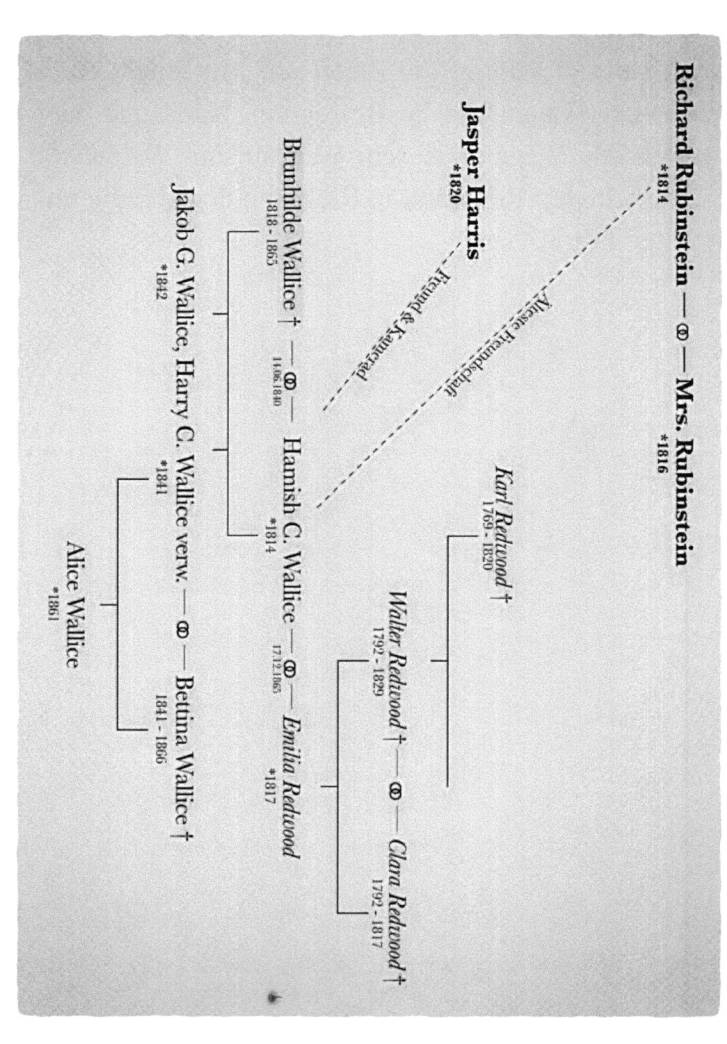

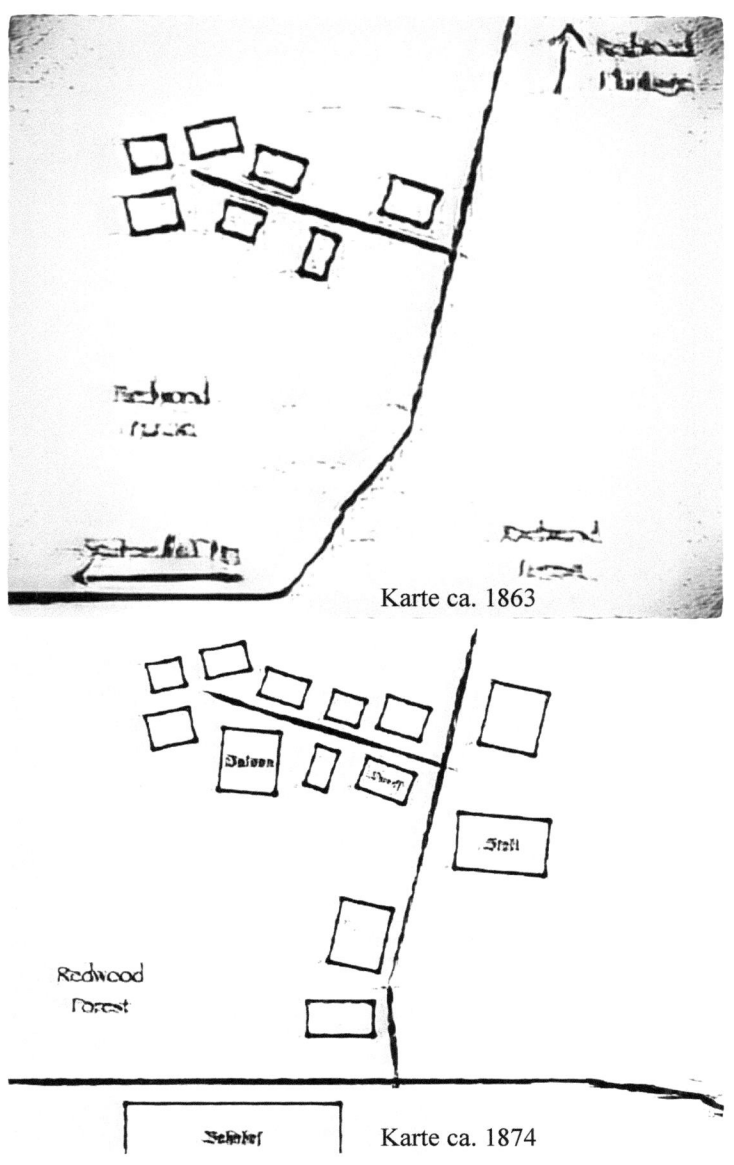

Hamish's Brief an seinen Sohn Harry

Mein Lieber Sohn,

Ich hoffe, du und deine Frau seit wohlauf. Als ich dich zuletzt sah, stand ich vor dem Pfarrer neben meiner neuen Liebe und nun angetrauten Ehefrau Emilia. Ich weiß, dass du sie nicht besonders gut leiden kannst. Aber vielleicht liegt dies auch daran, dass ich mich so früh nach Brenhildes Tod wieder verliebte. Aber es vergeht kein Tag, an dem ich ihre heitere und immer positive Art nicht vermisse. Und dennoch weiß ich, dass sie jeden Tag bei mir, bei Jakob und auch bei dir ist. Emilia trägt meine Trauer mit mir mit und stärkt mich jeden Tag, sie nicht zu vergessen. Ich hoffe du verstehst meine Entscheidung oder wirst sie eines Tages verstehen. Und ich hoffe du weist, dass du immer bei mir willkommen bist, egal wann, egal in welcher Situation.
Innig hoffe ich auf ein baldiges Wiedersehen
In ewiger Liebe,
dein Vater

Hamish Wallice-Eastwood